U0614687

范妮的悲伤森林

[挪威] 鲁内·克里斯琴森———著　白永明———译
（Rune Christiansen）

FANNY OG
MYSTERIET I DEN
SØRGENDE SKOGEN

贵 州 出 版 集 团
贵州人民出版社

图书在版编目（CIP）数据

范妮的悲伤森林 / (挪) 鲁内·克里斯琴森著；白
永明译 . -- 贵阳：贵州人民出版社，2023.2
　ISBN 978-7-221-17618-9

Ⅰ . ①范… Ⅱ . ①鲁… ②白… Ⅲ . ①长篇小说—挪
威—现代 Ⅳ . ① I533.45

中国版本图书馆 CIP 数据核字（2023）第 007475 号

版权贸易合同审核登记图字：22-2022-123

范妮的悲伤森林 FANNI DE BEISHANG SENLIN

[挪威] 鲁内·克里斯琴森　著　　白永明　译

出 版 人　朱文迅
责任编辑　唐　博
装帧设计　末末美书
出版发行　贵州人民出版社（贵阳市观山湖区会展东路 SOHO 办公区 A 座，
　　　　　邮编：550081）
印　　刷　天津光之彩印刷有限公司（天津市宝坻区马家店工业园管委会道路
　　　　　东 1 号，邮编：301800）
开　　本　787 毫米 × 1092 毫米　1 / 32
字　　数　96 千字
印　　张　7
版　　次　2023 年 2 月第 1 版
印　　次　2023 年 2 月第 1 次印刷
书　　号　ISBN 978-7-221-17618-9
定　　价　49.80 元

现实，抑或是假装成现实的一切，又回来了。

——皮埃尔·米雄

目 录

contents

目 录
contents

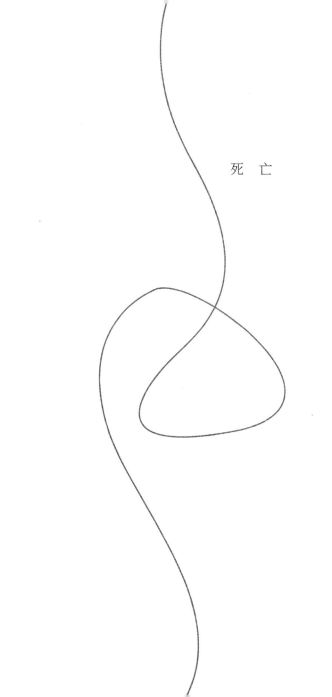

死 亡

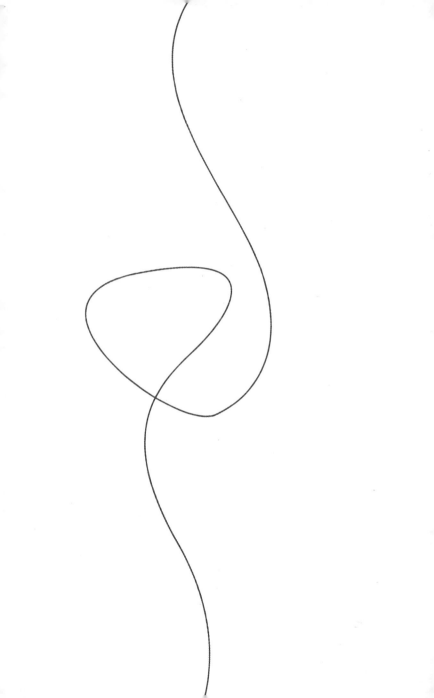

　　一点点、一步步，旷日持久地努力，世上没有什么是自然而然就有的。无论是永不停歇的太阳，还是海洋深处最不为人知的生命，没有一样事物是不经付出、不用忍耐就能存在的。一只獾在桥墩下寻找容身之所，巧妙地避开石头和黏土，从犁过的松软沃土里探出头来；建造房屋的木头因久经风霜而弯曲变形，发出微弱的叹息声。一切事物都没有意识到他们自己是多么能忍受艰苦。

　　我不记得当时的情景了，但年少轻狂的我曾经声称，自己完全可以预知两个人，预知两个陌生人是否有一天会相遇。我以为这只是个数学问题。可要命的是，这句话像一只长着美丽翅膀和触角的昆虫在屋内嗡嗡乱飞，引发一片哗然。当然，这种预测纯属胡说八道、信口开河，充其量只是安慰人的鬼话。因为事实恰恰相反，我们能预见到的只有结局，那就是在所难免的分离。

我来给你讲个故事吧：一对夫妇出了车祸。傍晚时分，从购物中心回家的路上，他们的车子鬼使神差地冲出马路，径直撞向一座输电塔。男人当场身亡，女人在医院里躺了一个星期后也离世了。这对夫妇撇下了他们唯一的孩子——十七岁的少女范妮从此孤零零一个人。悲剧发生时正值秋天，大雨连绵下了几个星期，玉米也快要烂在地里。

尽管范妮还未成年，但是被允许继续住在自己家里。几个月以来，悲伤一直伴她左右，俨然成为她的一部分，像是融入了她眼睛的颜色，融入了她歪扭的鼻子以及弯曲的手指。独自一人住在老房子里是艰苦的，但范妮并不觉得费劲。她尽其所能地生活着：上学、修理檐槽、砍柴和除草。她觉得，这些都没有什么大不了的。

一天早晨，一阵狂风吵醒了她，院子里的桦树剧烈摇晃，用枝条抽打着屋檐。她再也无法入睡，索性踢开羽绒被，耷拉着双腿坐在床沿边。她双手合拢抱在胸前，不是在祈祷，而是在倾听。是不是有只狐狸在外面的垃圾桶里翻找食物？这让她想起了母亲在厨房碗柜里噼里啪啦地寻找搅拌器、平底锅的那些夜晚。在医院惨白的灯光下，她的母亲撒手人寰，范妮痛苦地喊叫着："不！"她声嘶力竭地尖叫着，坐在病榻边等待亲人死去是既痛苦又可怕的。她那可怜的、惊慌失措的母亲！出于天真的好奇，她问母亲到底在怕什么。难道范妮不知道吗？她当然比谁都清楚，是死亡，她的母亲害怕死亡。不是死亡本身，不是死亡这个事实，而是她自己的死亡。她消逝的生命，已在劫难逃。这让她很害怕。

范妮惊讶地发现，她对事故发生后那段伤心日子的记忆是如此模糊。她母亲的脸出奇地朦胧。她的记忆像个粗制滥造的赝品，被冲淡了，被淹没了。她的父亲呢？也一样。他经常旅行，范妮记得他总是忙个不停。但有时，范妮会梦见她的父母：他们快乐地生活在一个陌生的小镇上。那是想象中的小镇，但也有繁华的街道、公园绿地、喷泉和熙熙攘攘的鹅卵石广场。一群鸽子从拥挤的广场飞起，学童们在报摊前玩耍，一架飞机从头顶飞过，不知去向何处。这些幻象给她带来一种异样的解脱感，但这种快乐是短暂的，很快便会流失、被重置或被遗忘。

奇怪的是，范妮很少会想到她父母去世时的情形，尽管遭受了莫大的痛苦，但她总是能克制自己，找到内心的平衡。她的梦就像角色互换的经典鬼故事：她，一个活着的人，总是在骚扰着死者，搅乱他们的生活。对那个世界来说，她像个幽灵，像个鬼魂。

被吵醒后，范妮有点恼火，她翻身下床，走到窗前。外屋前有一堆原木需要劈开并堆放起来。雨水打湿的木头劈起来费时又费力，但范妮能熟练地使用斧头和锯子。幸好这些原木已被锯成她想要的长度：十二英寸①，非常适合楼上的炉子和客厅的壁炉。她父母去世后，范妮还是按以前的习惯称呼周围的事物，所以即使现在她一个人住在这里，也没有人来做客，那个房间仍然叫"客厅"。

她的母亲来自当地一个古老的家族，当然范妮也是，

----

① 一英寸等于二点五四厘米。

但终究不是贵族，所以出身并没有给她带来名与利。这一家族长居此地，勤劳朴实，他们中有伐木工、矿工和牧羊人，近年来也有人当了乳业员工、技工，还有教师。他们都是忠厚本分的人，对外面的世界不感兴趣，但范妮打破了家族传统。她有一颗不安分的心，胆大好动，喜欢旅行：十五岁那年夏天，她独自在日德兰半岛骑行；第二年，她又一个人去了英格兰西南部。

范妮伸了个懒腰，打了个哈欠，把额头靠在玻璃上，努力回想着夜里做的梦。是不是关于太空和一颗熄灭的恒星？哎呀，她得抓紧时间了。她穿上雨衣和雨靴，走了出去。她打开前门给屋子通通风，然后走到原木堆边。这项工作比她想象的要容易得多。她有条不紊地把木头劈开，搬进外屋，靠墙堆放。她不想在外面留下哪怕一根木棒。

完工后，她把斧头挂回原处，站在那里看着房子。这栋建筑又长又窄又高，东面墙上的白漆起泡了，有些地方已经剥落，但从她记事起就一直这样。房子的其他部位都完好无损，高高的山墙与树木争辉，窗户映射出翠绿的山坡，如果你爬上阁楼或走到外屋后面的斜坡上，就可以望见沿着平缓的山谷延伸开来的湖面。

楼上卧室的窗户开着。范妮听到屋子里有撞击声。她后退几步，伸长了脖子。一头鹿出现在敞开的窗户里。它忐忑不安地在楼上来回走动，然后探出头来，嗅了嗅空气。范妮和这个林中生物面面相觑。它是怎么进房间的？要怎么把它弄出去？她可不想在楼梯上与它撞见。或许她可以朝它扔一块石头或一根棍子。这个可怜的东西肯定有某种本能，能够找到重获自由的路，对吧？如果它被吓得够呛，肯定能脱险。范妮环顾四周，拾起一根木棍挥舞起来。但那头鹿似乎一点也不怕。范妮跑了几步，把棍子朝它扔了过去。鹿撒腿就跑，房间里立刻传来一阵碰撞声，紧接着砰的一声，那头鹿从窗户飞奔而出，随即撞到地面上，它眼睛睁得大大的，舌头耷拉在嘴巴外面。它想跳开，想逃跑，但徒劳无功，它笨重的身体疲软无力，好像里面有什么东西被揉成了一团。它看起来很想鸣叫，但从喉咙深处发出的只是可怜的呻吟。

　　范妮闭上了眼睛，捂住了耳朵，但什么也没有改变，什么也没有消失，她还是能听到，能感觉到，仿佛疼痛蔓延到了她站立的地方。那头鹿四脚乱踢，痛苦地扑棱着。范妮倒吸一口凉气，像噎住了一样没有呼出。

　　她闻到了铁腥味，流鼻血时能闻到这种味道。在干燥炎热的夏天，她经常流鼻血，这可能是某种过敏反应，她的眼睛在阳光下也总是刺痛。她看着鹿头盖骨上的黑洞，伤口深处有银白色的物质。为什么要闯入陌生的房子？在阴暗的楼梯上，有什么好闲逛的？范妮把手放在那头可怜的鹿身上。有些花，有些芳香的花朵，如果你闻得够久，直到最初的痴迷褪去，你会联想到死亡和腐烂。

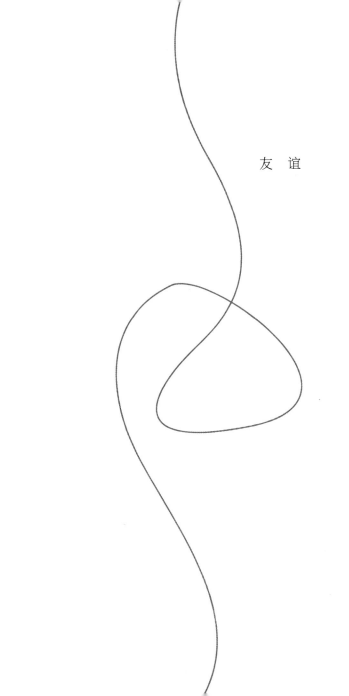

友　谊

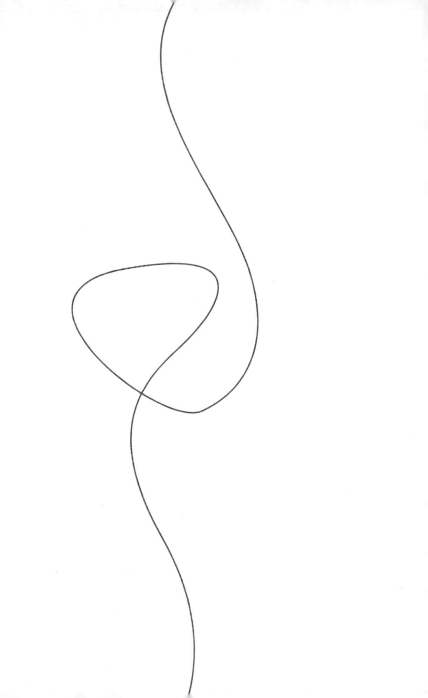

　　每周一次，通常是在星期六早上，范妮会去教堂帮忙。这是教区牧师托拜厄斯·阿尔姆给她的建议。他为她举行过坚信礼①，还主持了她父母的葬礼。范妮在当地商店的蔬菜区碰到他时，他问她想不想赚点外快。尽管范妮怀疑他这么做是想帮助她——阿尔姆其实并不需要帮手——但她还是答应了。工作很简单：因为没有看守教堂的人，所以她要扫地，跑腿，给圣坛上的两个银花瓶插上鲜花；把诗篇编号挂在布道坛旁边的铁钩上，把赞美诗歌本准备好。

　　范妮很快就熟悉了这些杂活，而且很喜欢做。在教堂里度过的时间是愉快的，从早上一到教堂，把耳机和外套

---

① 坚信礼是一种基督教的仪式。根据基督教教义，孩子在一个月时受洗礼，十三岁时受坚信礼。孩子只有被施坚信礼后，才能成为教会正式教徒。

放在法衣室的椅子上开始，直到干完活后骑车回家，她都处于一种内心平静的状态，她承受的压力也消失了。说句实在话，她的父母跟教会或宗教从未有过太多的联系，范妮也没有，但开始为阿尔姆工作后，她每天晚上都祈祷。她根本没有想过自己会祈祷，但这确实发生了。也许是牧师唤醒了她的信仰。尽管他从不谈论宗教方面的话题，但当他布道时，从他经常唱的诗篇和咕哝的经文中，范妮还是学到了一些皮毛。她对阿尔姆了解不深，只知道他写过几本书，据说是小说，而且在成为一名牧师之前，他是一名共产主义者——嗯，至少是个社会主义者。当范妮准备接受坚信礼时，牧师对她很友好，也很开明。她经常不去教堂，但他没有追究，也没有登记她的缺席情况。

阿尔姆的左脸颊上有一道疤痕。范妮在排练圣餐仪式时就注意到了。他向前探身时，从侧窗泻入的耀眼阳光下，范妮看到那张饱经风霜的脸上有一条白纹。她想，这可能是被一把斧头或利剑划了一下。那道疤看上去很严重，尽管范妮对这一发现感到很好奇，但并没有贸然去问。她敢肯定对阿尔姆来说，那是个改变命运的事件。

当天晚上，范妮入睡前想象着阿尔姆的面颊受伤的各种可能性：比赛时的一把剑，激战中的一把刀，或者工地上的一块木板。当然也可能是一场意外，是阿尔姆年轻岁月中的一段不幸插曲，但如果是意外受伤的话，唤起的恐惧和震撼不会那么强烈。范妮喜欢这位牧师。她喜欢他的神秘。他大概有多大年纪了？五十多岁吗？也许更老吧？他结过婚吗？有孩子吗？她一概不知。

每天晚上关灯前，范妮坐在床沿边，双手交叉，低声做个即兴祷告，似乎是在对她所学到的、听到的、真心认为重要的东西表示尊重。"亲爱的上帝，亲爱的造物主和救世主，你是爱和奇迹，甚愿你的赐福与同在①。"不说"阿门"，也不画十字手势，她有自己的习惯，结尾时用手指从额头触摸到嘴，再向下触摸到心脏位置。为什么要这样

---

① 这句话出自《圣经·旧约·历代志》。原文为"甚愿你赐福与我，扩张我的疆界，你的手常与我同在，保佑我不遭患难，不受艰苦"。

做？这三个部位代表思想、语言和生命，这是范妮自己想象的，也是她希望的。范妮的特殊仪式手势简单，因为她并不真正相信神灵，她也不是那种为自己的思想和情感寻找归宿的宗教人士。但她非常期待有造物主或救世主掌管世界，希望事实就是如此。

她很想知道一个有信仰的人是怎么看待世界和现实的。例如，阿尔姆是怎么想的？那个又高又瘦的男人在想什么？从他们之间有一搭没一搭的谈话中，范妮几乎什么也了解不到。

有一次，他们坐在前排长椅上，阿尔姆边吃着打包带来的午餐边聊天。他说他自己是世界悲观主义者，但又是宇宙乐观主义者[①]。这到底是什么意思？因为范妮忘记带午餐，牧师给了她一块三明治。但范妮并不饿，所以礼貌地谢绝了。

[①] 这句是诺贝尔文学奖得主、英国作家威廉·戈尔丁说过的话。他称自己是世界悲观主义者（universal pessimist），但又是宇宙乐观主义者（cosmic optimist）。

接下来的星期六是个风雨交加的日子，范妮又没带食物。阿尔姆在打开三明治包装时告诉她，前几天他心情不好，这种情况不多见，但偶尔会这样，当然也不是毫无来由的。他会有几天被一种意想不到的、潜藏的悲伤所控制，或者更确切地说，他常会沉浸在悲伤的情绪中，难以自拔。这种情绪像病毒或不速之客，不管用什么方法，都需要一定的时间才能摆脱。最后，悲伤会过去，情绪会好转，整个过程令人难以理解，造成痛苦的原因也很快被淡忘。但前几天的情况有些不一样，他说着，用手捋了捋参差不齐的短发。这一次的诱因并不是脆弱的世界，而是一些平庸的事情。他偶然间在电视上看到了一部由阿诺德·施瓦辛格主演的电影:《玛姬》①。不知范妮以前看过吗？施瓦辛格在影片中展现出了十足的魅力，他的眼神既坚定又犹疑，以

---

① 电影《玛姬》讲述了施瓦辛格扮演的农夫所在的镇上突发了一种僵尸病毒，并四处蔓延。农夫的大女儿不幸染上这种病毒，农夫不顾感染风险，坚持把女儿留在身边，陪她走完了最后一段充满父爱的余生。

一种相当克制的形式揭示了人的本性和情感。

阿尔姆顿了顿，继续说：很明显，施瓦辛格并非在演戏，也无意飙戏——他只想成为韦德·沃格尔，影片中那个陪着将死女儿的正直男人。施瓦辛格依然操着他的特殊口音，成功塑造了不幸故事中的经典硬汉形象。阿尔姆在看《玛姬》时想到了另一部电影：布列松执导的《穆谢特》①。不知范妮以前看过吗？施瓦辛格竟然演了布列松式的电影，真没想到。牧师笑了，他似乎想当然地认为范妮知道布列松。可是，是什么使他想起了《穆谢特》？为什么他今天还在想《穆谢特》呢？也许是他把这两个女孩——玛姬和穆谢特——联系在了一起，因为这两部电影都令人痛心。阿尔姆举起一只手，指着圣坛上的十字架苦像。他强调说，不是冷酷无情，而是令人痛心。然后他突然从长椅上跳起来，消失在法衣室里。回来时他手里拿着一本书，快速翻了翻，

①《穆谢特》是法国导演罗伯特·布列松执导的剧情片，该片讲述了14岁的少女穆谢特，在这个冷漠无情的世界里，最终静静地跳河身亡的故事。

读了起来:"有那么一会儿,她把头往后一仰,望着苍穹的顶点,好像在玩一场可怕的游戏。水在她的脖子上诡谲地流动,她的耳朵里灌满了愉快的嗡嗡声,就像在参加派对时一样。当她静静地扭动身体时,她感觉到生命在缓缓流逝,因为她闻到了一种气味,那是坟墓的气味。"

阿尔姆把书放在范妮的腿上。这本书是给她的。他又起身,弯腰站在昏黄的灯光下。他现在想出去散步,他说,有时候散步对他比对其他人更有益处。也许是的,当他沿着那条穿过农场、树林和田野的公路散步时,可能会在路边发现一棵长得茂盛的蓟草,也可能会看看围场里吃草的奶牛,又或者看到一只小鸟从头顶飞过。这些平凡的事物能分散他的注意力,给他带来快乐,使他可以甩掉烦恼。他还可能会对鸟儿或奶牛款款细语:我们之间从来没有过任何误会。

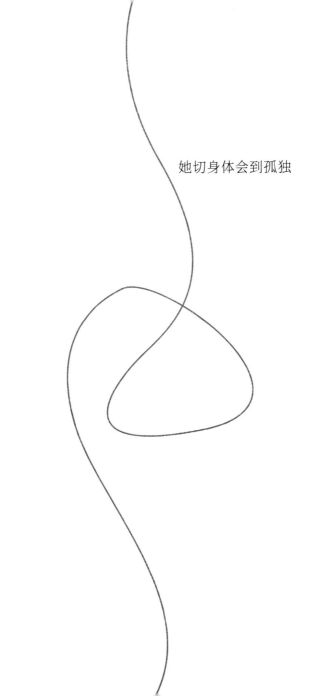

她切身体会到孤独

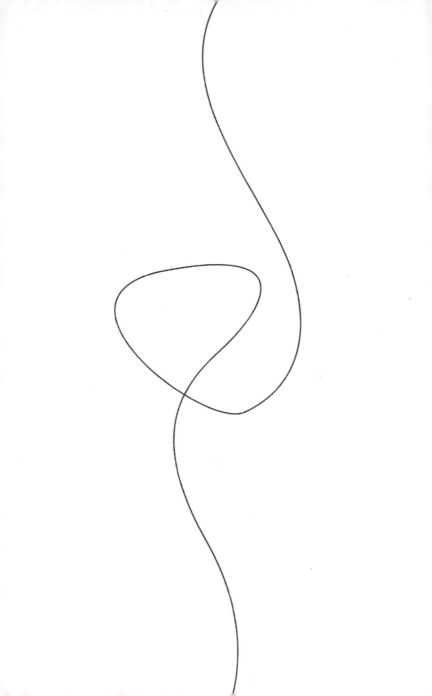

　　在范妮的父母去世几个月后，社会服务部门终于同意她按照自己的意愿独立生活。当天，她打开楼上父母的卧室，看着那里的物品：父亲床头柜上的闹钟，母亲床头柜上的发带。范妮想，简直是朴素到不近人情了，或许这样才更人性化，就像现实可以不复杂，真理需要的是坦荡荡。墙上挂着一张这个小家庭的全家福：照片里的小婴儿头戴白色软帽，脸上的表情有些茫然。这是她出生后从医院回到家的那一天拍摄的。

　　范妮剥去床单和枕套，拿到浴室，放进洗衣机里。她要把父母的卧室变成自己的。她想在父母睡过的卧室里睡觉，在父母呼吸过的空间里呼吸，在父母做过梦的床上做梦，好像这样可以从不同的角度将她自己和父母融为一体。不用去改变什么，床还是放在原处；那两只小床头柜也是，其实那是两张被漆成白色的凳子；黄色的椅子很实用，晚上可以放衣服。范妮把窗户开得大大的，上上下下都打扫了一番，最后在墙上挂了一张从她父亲的黑胶唱片集中找到的专辑封面。那张封面上有一条张着血盆大口的鲨鱼，在它的嘴里用红色字母写着"内部空间"。床头挂上这幅吓人的图画，换了新床单和枕套后，范妮便搬进了这间卧室。她脱下衣服，蹑手蹑脚地钻进羽绒被里。她想，在生命中的某一刻，她会哭得稀里哗啦。不过现在不会，很长一段时间内都不会，因为她现在很快乐。她闭上眼睛，立刻就睡着了。

范妮有个朋友叫玛吉特，住在邻近农场。车祸后的第一年，她一有机会就来范妮家，而且经常在那里过夜。两个姑娘依偎在宽大的双人床上，盖着羽绒被，畅聊到深夜。早上她们一起煮咖啡，吃早餐，然后一起去上学。范妮喜欢玛吉特来访，喜欢晚上无拘无束地跟她聊天。她们互相戏弄，说心里话，玩闹到深夜，那是一段幸福的时光。但后来，玛吉特随她的家人搬去了加拿大。她们联络了一段时间，刚开始情意深厚，两人都被相思和失落煎熬，但这份友谊日渐淡漠，最后相忘于江湖，就像一团火渐渐熄灭，只剩灰烬。

晚上放学回到家，范妮才意识到自己有多累。她拖着疲惫的身躯，打开了前门。她每天赶回乡下的房子，好像只是为了睡个觉。她风尘仆仆地过着愈发艰难的生活，但从未想过要卖掉房子，在城里买套公寓。范妮倒不是觉得自己和这所老房子有何瓜葛，也不是担心搬家会或多或少地切断她与自己的童年和父母的情感纽带，恰恰相反，她刻意不去回忆，不去想已经失去的东西。

范妮在学校读最后一年的时候，某个秋日早晨，她突然醒过来，好像被人粗暴地推了一把。狂风呼啸，桦树在窗外疯狂摇摆，树枝敲打着墙壁。她掀开羽绒被，迷迷糊糊地坐在床边。以前这时候她母亲总是会打开收音机听新闻。现在屋子里很安静，而且范妮也早已习惯一个人的生活，但还是侧耳听了一会儿。然后她站起来，往窗边走去，用额头靠着窗玻璃，大声打了个呵欠。不规则的窗格上有一条裂缝，右上角有个缺口。她用手指轻轻地按压着玻璃，看看会发生什么，意料之内的或之外的都行。这个缺口似乎象征着某种难以捉摸的、超乎想象的东西。但她很快意识到，这只不过是因为她没有充分休息好而出现的幻觉。

窗台上躺着一颗小球——迷你镜面球，就像迪斯科舞厅里舞池上方旋转的那种球。她把它放在手心。一道柔和的光透过棱镜在她的皮肤上跳跃。她竖起食指，开始数那些小镜子，但很快又放弃了。真是浪费时间！她打开窗户，吸了一口新鲜空气。哟，她得洗个澡，快点行动。

她站在厨房柜台旁，往茶里搅拌一些糖时，她猛然察觉她的存在对这个世界的影响是如此渺小。真的没有什么，除了溶解在金棕色茶水中的甜味剂，前一天晚上睡觉前扔在浴室地板上的羊毛袜，还有她每天早上小心插上的窗闩——这都是鸡毛蒜皮的事儿。她大口大口地喝着茶，把课本放进书包里，穿上了运动鞋和外套。她一边准备一边想，她记得的东西太少了，也许是因为她不想记起，本能地把这些记忆拒之门外。当某个记忆突然复活时，她通过想别的事情来打断它。但是，"想别的事情"是指什么？不管你想什么，都会想到别的事情。世界不就是这么运行的吗？当你堆放劈好的木头时，你会立刻想到你的父亲。当你想到你的父亲时，你的脑海中会浮现一条通往小山的林间小径。范妮还是个小女孩的时候，有一天早上，她打开厨房的门，唤来了自己家的狗——它晚上通常睡在屋檐下。小狗瑟瑟地支撑着僵硬的腿，发出呜呜声。但是，为什么？是什么引起了它的注意？是什么东西把小狗吓坏了？她忘记了，过去的事情被遗忘，被压抑，被推翻了。狗的名字叫什么来着？啊，她现在真的该出发了。

　　去学校要走很长的一段路。首先，她必须骑车两公里到公交车站，那里有座老旧的候车亭可以躲避雨雪；接着，坐十公里公交车到最近的村庄，村里有火车站；最后，坐半小时火车，到达学校所在的城镇。在城里，她和其他人没什么两样，好像在城里感官记忆不如现实重要。她不知道别人怎么看她远离喧嚣，住在遥远的乡下。这不关他们的事吧？也许他们只是小心地避免任何可能令她伤心的话题吧？这再好不过，因为范妮不想对别人透露自己的情绪。只有心情很糟糕的时候，她才会想象学校里的其他人、老师、学生和朋友们，会为她在偏远乡下过着凄凉的生活而感到难过。

她确认了一下手机是否在外套口袋里，把一块苹果塞进嘴里，然后打开了前门。她没有关卧室的窗户，因为懒得再上楼。她吃掉了硬硬的苹果，把果核扔进灌木丛里。

那天，她又准时赶上了火车。这条路她已经走过很多次：空旷的田野、精心打理的农场、沿河修建的工厂、一排排房屋和一簇簇树林。一切都是那么熟悉，让她感到心安。沿着开阔的山谷伸展的山顶像一群打盹的动物，懒洋洋地趴在大地上。她总是能在旅行中安慰自己，尤其是在早晨，她喜欢把头靠在冰凉的玻璃窗上，闭上眼睛听音乐。云朵不以为然地飘游，树梢在风中舞动，过往的车辆对她的凝视漠不关心。她觉得她是自己唯一的依靠。

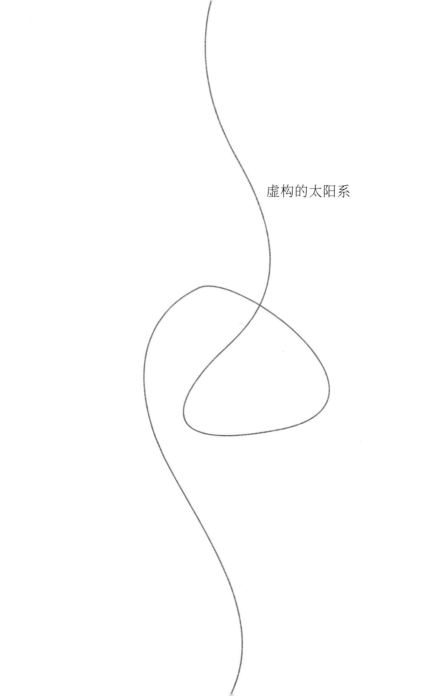

虚构的太阳系

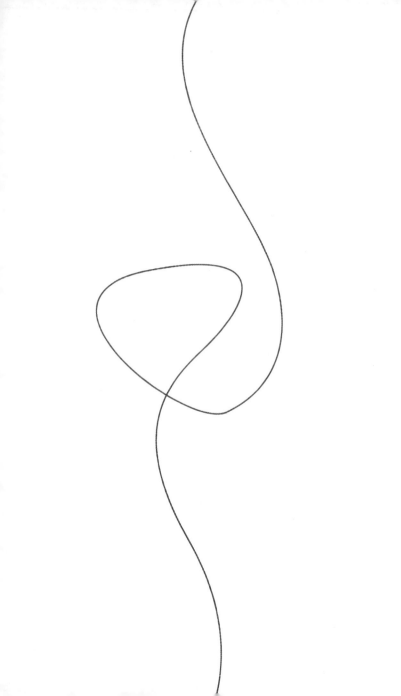

学校位于城镇东侧，正对着火车站。这座砖砌建筑矗立在一条繁忙而狭窄的街道上，年久老化，墙壁布满了裂缝，面向停车场的部分被各种乱七八糟的标志和涂鸦覆盖；檐槽被枯叶和鸟巢堵住了，淌下的脏水染花了外墙。这座建筑当然还保留着些许昔日的辉煌，但几十载的风风雨雨已使这所曾经颇有名气的学府走上了衰败之路。夏天，只有打开窗户才能给教室通风，但交通噪声太大，以至于学生们在读书写字时都得戴着耳机。讲课更是不可能的，所以老师们只是简单地给学生布置作业：从地理课本的这一页读到那一页，解数学方程式，就古代史或文学方面给定的主题写一篇文章，或者针对一个政治课题做综合论述。

校园四周环绕着高墙，大门上方有个锻铁装饰，那是一幅华丽的长方形风景画：上面画着各种图形，人和动物都面朝太阳，太阳内部用剥落的金色字母写着拉丁文的"科学"，仿佛这个光芒万丈的天体代表一切智慧、凡间经验和世俗惯例，而且只有拉丁文才能体现它的神秘。如果不仔细看的话，高墙后面的建筑可能被误以为是恐怖的监狱或废弃的工厂。

　　雅诺什坐在范妮的前一排靠窗的座位上。他是一个聪明伶俐的学生。自从这一学期过半时他来到班上，他俩几乎没有说过一句话。范妮不知道他是从哪儿来的。除了她自己的方言外，她听不出任何口音的来源。但从一开始，她就注意到雅诺什矜持到近乎冷淡的态度，以及一直等到讨论快结束才煞有介事地发表自己意见的样子。有时，当他朗读他写的文章或答案时，范妮会偷偷地记下他的奇怪想法，不是为了以后利用，而是为了探究他所说的话的真正含义。他有一篇文章写得非常致郁，这让范妮深感兴趣。雅诺什以他平静而纯熟的口吻读着关于蜗牛的一篇文章：蜗牛是世上最迟钝的动物，它们是如何寻求配偶，如何相互交流信息以躲避危险的。他从哪里找到了这些信息呢？

范妮不禁被这个年轻人迷住了。他似乎想用文字表述一切
事物，命名世界的每一个部分、所有区域和一切组织。但
范妮不确定这是否有可能做得到，因为没有人能记住一切，
没被记住的东西就会失去，不是吗？而且不管怎么说，记
忆的片段是矛盾的、抽象的，只能短暂感受和体验，而不
能用言语表达，不同于被发现的真相或完整的事件一样可
以用文字重现。

　　尽管有这些质疑，范妮还是希望自己能够有机会了解
雅诺什。但这在校园里是不可能的。下课时，他总是忙着
和别人交谈，他在另一个圈子里颇受欢迎。上课时也不可
能，他努力学习，以他独特的懒洋洋的方式看书、听课、
做笔记。时光荏苒，范妮从未以任何方式对他表示过喜爱
之情，更没有表现出被他吸引的样子。这让这段不存在的
关系进一步发展变得愈发困难。范妮在火车上找过他，可
惜没有找到，显然他们不走同一条路。她甚至跟踪过他两
次，想知道他住在哪里，但每次他都只是在街上晃悠，没
有特定的去处或目的地。

　　不过有一天下午，范妮去城里办事时，与他不期而遇。因为比平时晚了一步，她着急赶火车，在中央广场的拐角处与一位老先生相撞。老人松开了他的伞，一阵风把它举过他们的头顶，吹到了行人区。范妮道了歉，连忙去追那把伞。这时有人已经截住了它——是雅诺什。老先生从雅诺什手中接过伞后匆匆离开了。就这样，范妮和雅诺什面对面站着，谁也无法回避。范妮握住了雅诺什伸出来的手。她听到他说了什么，但没听清楚，因为刚好在那一刻，一辆货车开了过来，他们不得不给它让路。突然，一个令人不快的念头在范妮的脑海里一闪而过：从前，人们把尸体的下巴绑起来，这样当尸体变僵硬时，嘴巴就不会张开。范妮向雅诺什介绍了自己，但他说他早就知道范妮的名字，他的声音里没有讽刺意味。范妮住在乡下吗？她坐的是火车吗？范妮点点头，是的。雅诺什又伸出手来，这次是要道别。她失望了，对自己感到失望，对这个年轻人的匆忙感到失望。她醉心于他，但他显然没有。

　　等火车的时候，范妮全身僵硬地站在月台上，在阴冷的空气中瑟瑟发抖。她看到一个小男孩疯狂追逐着他的妹妹，小女孩可能还不到两岁，蹒跚着迈开一双短短的腿，十分危险地靠近月台边缘。她的父母时不时抱起她，但女孩总是能设法逃脱。她显然觉得这是一场有趣的冒险游戏。小男孩朝他妹妹和父母喊叫着。他抓住了小女孩，但她每次都令人难以置信地溜掉。直到火车进站时，她的父亲才抱起这个有冒险精神的女孩，走进客车车厢。

范妮找了个靠窗的座位，戴上耳机，闭上了眼睛。过了一会儿，火车慢了下来，没过多久，它在一片灌木林中完全停下。十五分钟过去了，又过了十分钟，什么动静也没有。范妮把音乐关小，以防错过广播，但什么也没听到。她环顾了一下车厢，一个小男孩睡在她对面的座位上，过道的尽头，一个女人俯在婴儿车上，一对老夫妇并排坐着打瞌睡。

薄雾低低地笼罩在田野上。范妮挪到另一个座位上，想看看是什么东西拦住了火车的去路。铁锈色的枕木上笔直地铺设着光滑发亮的平行铁轨。范妮注意到附近有一片沼泽地，树影绰绰，灌木丛生。她把额头贴在窗户上，在黑暗中仔细观察着这个意外的发现。倒不是因为铁路沿线的林地有何不同寻常之处，只是她以前没有注意到这个地方——整齐有序的田野和牧场之间竟然有一片茂密杂乱的树丛。她很想推开车门，跳上铁轨，翻过栅栏，隐入树林。

范妮终于回到了家，刷完牙就上了床。她在黑暗中睁着眼睛，心里有一种说不出的忐忑。她几近绝望地等着睡意来袭，但被惶惶不安的感觉劫持了。她的意识通常能不知不觉地从清醒状态过渡到梦境，但现在却在两种状态之间翻来覆去。她想到了雅诺什，他们当然还会像往常一样见面。事实上，第二天他们就会在教室里相见，但现在除了尴尬，范妮没有什么可期待的了。他是怎么看待她的？她希望自己能像一枚停止流通的硬币一样，一文不值，但仍然可以不断出现。

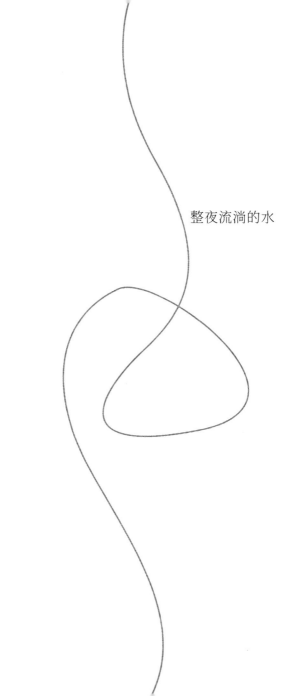

整夜流淌的水

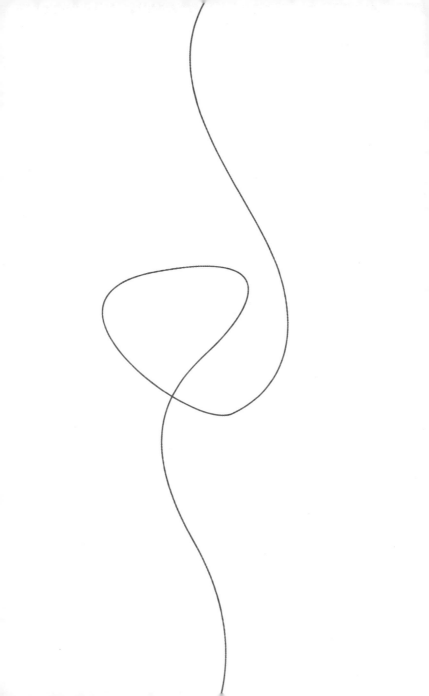

　　范妮不知道怒火从何而来，但她却时而感到生气。她咒骂自己的父母，咒骂他们的缺席，好像他们出于自私的原因而抛弃了她，好像他们扔给她的不过是地板上的面包屑，还要她强作欢颜地捡起来吃。这些杂乱无章的、不受欢迎的记忆在她眼前晃来晃去，这对她有什么用呢？既然它们不再来自幸福和安全的预期，还能对她有何好处？她宁愿压抑这些记忆。童年不就是一段令人难过的插曲吗？而她的青春岁月如此单调寂寞，像水龙头滴水或排水管渗漏一样，很快就会流失殆尽，不是吗？

　　这是一个寂静无眠的夜晚，凉森森的月亮间或从疾驰的云层后面探出脸。范妮坐在门前台阶上。她穿上了父亲的雨靴和外套，身体不住地发抖。她是否应该告诉阿尔姆，她最近越来越频繁地陷入恐慌？是否真的是恐慌攫住了她的心？也许这只是思念的苦。说吧，告诉阿尔姆，向牧师忏悔吧。不，她忽然觉得，无论她怎么说，都意味着想摆脱痛苦，或渴望他人的关注。范妮可不想被人关注，那种感觉就像有人时刻盯着你，一双狂热的、深究的、不信任的眼睛不眠不休地盯着你。

她点了一支烟，这是她第一次抽烟——她找到了一包被她母亲遗忘了的香烟。遗忘？她想感受一下吸入烟草和纸张的烟雾是什么感觉。这是一种仪式。她不用继承母亲的这一习惯，也不愿受影响，而是要告别，要摆脱，解决问题，继续生活——她明白这一道理。她吸进一口烟，咳嗽了一声，感到头晕目眩，但她的手不再颤抖。她端详着自己的手夹烟的姿势，看着香烟发光的一端慢慢化为灰烬。她开始哼起歌来，听着从自己口中发出的纯净的声音，仿佛那不是她自己的，而是别人的声音通过魔法住进了她的身体，现在正毫无阻隔地泄出。乳白色的烟雾在她眼前的黑夜中无声无息地缭绕，给歌声伴舞。

她现在再也不想着她的父母了，也不想着过去的事情。

如果她碰巧想起她的父母、她的童年、过去的一切，她会置之不理，好像这一切与她无关，没有让她难过和不安。她要战胜自己的记忆，记忆对她而言是垃圾、破旧的玩具或没用的摆设。她真的不想成为绝望的牺牲品，悲伤就像狗皮膏药一样甩都甩不掉，令她痛恨悲伤。她终于平静下来，把烟头往地上一弹，回到床上，将脸埋在被子里倒头便睡。

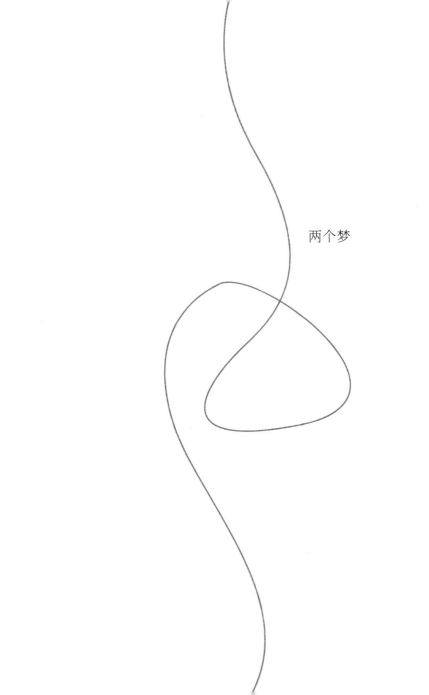

两个梦

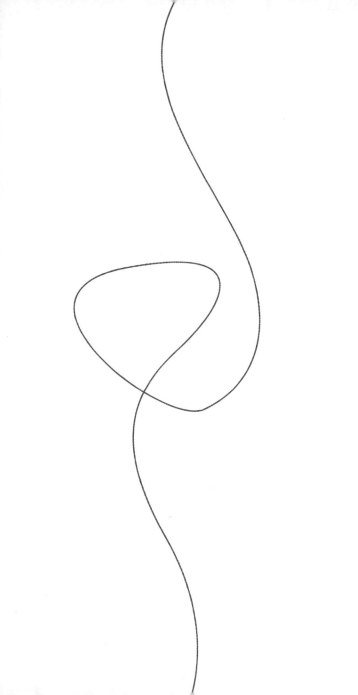

　　每逢星期六，范妮都去教堂。阿尔姆有时看起来无精打采，焦躁不安。当他们各忙各的时候，范妮会纳闷他为什么沉默不语。但他的忧郁一般不会持续太久，气氛很快就缓和下来，他们会开始交谈，无一例外都是阿尔姆先开口。他们的对话——其实是阿尔姆的独白——主题之一是世界是否真的在发展和进步。阿尔姆对此表示怀疑。他认为尽管人类不断获取新认知，发展新知识，但失去的也同样多，浪费的东西也多，而且永远无法弥补。在范妮和阿尔姆生活的这个时代，有和普鲁斯特、柯莱特、卡夫卡和凡尔纳才华不相上下的作家吗？还有什么可以超越鲍沙其、基顿、格莱米永和奥菲尔斯的电影吗？范妮不可能全部了解阿尔姆一口气说出的所有例子。每当这个时候，范妮觉得阿尔姆不是在寻求她的理解或赞成，而是这个命运多舛的人在寻找继续前进的动力。

但大多数时间，阿尔姆心情很好，像父亲一样大步走来走去，夸耀范妮的工作做得多么出色。谁能像范妮那样把这里保持得干净整洁呢？谁能把铜器和银器擦得锃亮呢？或者他会热情洋溢地大声朗读，好似他选择的文段是被遗忘或新发现的宝藏，他要让它们重见天日："托拜厄斯挖到了一个神像，一个带着轻蔑微笑的神，谁知道在泥土里躺了多久。"在絮絮叨叨的过程中，他也不断赞扬范妮工作努力，说她是一个受上帝祝福的人。当她打扫长廊，或爬上梯子，掸掉线脚和装饰上的蜘蛛网时，阿尔姆会对她说这些。有时他的感慨来得毫无来由：和范妮一起度过上午时光，真是太愉快了！每次范妮离开教堂时，这位情绪多变的牧师都会站在门口，带着夸张的感激之情深深鞠躬。

在一个寒冷的日子里，他们站在教堂的台阶上。范妮要回家了。阿尔姆关掉了灯，锁上了门，说他会陪她走一段路。但他们没有出发，还是站在台阶上。黄昏降临。西边的天空闪耀着珍珠贝母般的柔和光彩。阿尔姆眯起眼睛，

指着一架飞机，它的尾迹在空中划出了一道奇妙的淡红色
线条。路上停着几辆卡车，一辆是空的，另一辆装满了砾
石，喷出的尾气在冷空气中笔直上升。阿尔姆点燃了一支
香烟，那是夕阳映衬下的另一根烟柱。在这样的时刻，阿
尔姆说，在这样的时刻，你不可能不需要信仰。范妮不确
定他是什么意思。他说的是什么样的时刻？是微光闪烁的
天空吗？还是路上停的那些像发电机一样吵个不停的卡
车？他没有信仰吗？怎么说他也是个牧师。范妮问起他，
回答是毫不犹豫的，他当然有信仰。相信是他的责任，而
且他相信了。他相信看不见摸不着的事物。范妮问他是不
是指上帝。没错，他是指上帝。但他希望自己也能相信这
个世界，相信人类，就像相信上帝，信任神秘莫测的造物
主一样。

范妮要走了。

他们在商店门口分手。

晚上范妮做了个梦。由于是在乡村长大，她经常梦见
动物。这个梦似乎与牧师有关，又毫不相干。她牵着一匹

瘦弱疲惫的马，穿过一片荒芜萧条的乡野。但后来，就像魔杖一触，梦境突然变了——梦总是这样。范妮骑在马背上，驰骋在郁郁葱葱的牧场上。她牢牢地握着缰绳和辔头，引导着马儿，仿佛太阳和风在马的鬃毛里歌唱。翌日清晨，她一睁开眼睛就想起阿尔姆读给她听的一句话："友谊？更清楚地表达你自己。我以前从未听过这样的说法。"

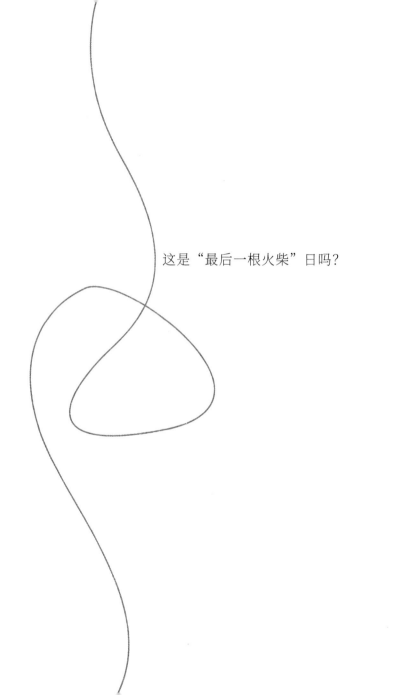

这是"最后一根火柴"日吗？

一个无法解释的行为或决定或许是毫无价值的。晚上睡觉前，范妮关掉所有的灯。每天晚上重复同样的仪式：先关掉客厅的灰色落地灯，然后关餐厅餐具柜的灯，那盏灯上有一百多个液滴状小镜片，薄如蝉翼，每次她经过时像有生命一样颤抖起来，把光线散射到地板和墙壁上，无限迷人。她把厨房橱柜下的一盏荧光灯开着，这样如果她半夜醒来喝水，就不用跌跌撞撞了。

一切都和往常一样按部就班，只是那天晚上有样东西引起了她的注意：一颗钉子，在炉子和台面之间。自从她父亲装上一排挂抹布和手巾的钩子以来，这颗钉子一定是在此处藏了很长时间。钉子折射着灯光。范妮把它捡起来，摸了摸尖头，端详着，仿佛这是一个了不起的发现。她把它带进了浴室，刷牙时放在水槽边，上床后塞到枕头底下。

是她父亲落下的吗？她本能地伸出手，把钉子握在手心里。她早就预料到自己睡不着。她已经习惯了失眠，谁知道呢，她甚至渴望失眠，总之肯定没有刻意避开失眠。但是，你能避开失眠吗？这就好比你可以让自己入睡，睡不睡是你的自我意志的选择。这么说，躺在黑暗中，却不让自己做梦、不让自己休息是可悲的、消极的。范妮打开灯，漫不经心地打量着钉子。她顺着手臂内侧薄薄的皮肤轻轻划了一道，又划了一道，速度快了些，然后是更深的一道。好痛！但血液一流出，灼痛感就减轻了。她斜视了一会儿钉子，把它放回枕头底下，关了灯。

晨风徐徐，阳光灿烂。范妮揉了揉眼睛，猛然想起昨夜离奇的梦，只是她觉得那梦境与自己无关。不过醒来后，她还是觉得不舒服。梦中，她在山林里走着，在一片空地上发现了一个死去的人，是一个和她年龄相仿的女孩。她难以置信地盯着那个女孩看了许久，许久。然后她跟跟跄跄地转身离开，想把这件事告诉父母。但在半山腰上，她发现有东西在跟踪她。那一团可怕的、黏稠的、试图吞没一切的东西从山坡上滚滚涌下，不断膨胀，最终追上了她，推着她的脊背，拍打着她的后脑勺，向前抵住她的脖颈。她的脚被松动的石头绊了一下，死神无情地向她逼近。

现在，死亡不再是什么人或物，而是凄惨的、稀薄的空气。她无法呼吸，确切说是没有空气，她缺氧。死亡是匆忙或停滞的时间，是一种神奇的时刻，它破坏了事物的正常秩序，摧毁了所有的意义和信念。又或许，死亡就是这一切，因为它不需要隐藏在这里或那里。死亡不会回避，它现身于不知死亡栖身何处的安逸梦境中：当一个毫无戒备之心的年轻人在森林里安然漫游时，死亡便会悄悄靠近。而现在，死亡依附着范妮，紧抓着她，像撕不下的标签，像她掌心的黑痣。

她走进浴室，心想：我要收回我说过的和做过的一切。没有虚假的谦卑，没有坚定的信念，只有艰难且困惑的开始，一步一步，凭着决心和努力。她洗掉了手臂上凝固的血迹，在光线下检查了那些细小的划痕，伤口最深处的皮肤肿胀发热。她再次打开水龙头，用冷水冲洗了一会儿。

她差点认不出镜子里的自己，脸没有变形，但是变了样：丰满的嘴唇干裂了，皮肤苍白，眼袋青紫。还有什么比偷偷摸摸地伤害自己更可怜？在进城的早班火车上、在学校里、在熟悉的回家途中，她都能感觉到自己因需要被理解而饱受折磨。她可能需要放松一下身心，才能告诉自己，她与钉子、与钉子所带来的困惑有多么密切的联系。还有什么比失落和寂寞，更能引起信任和自发的忏悔呢？

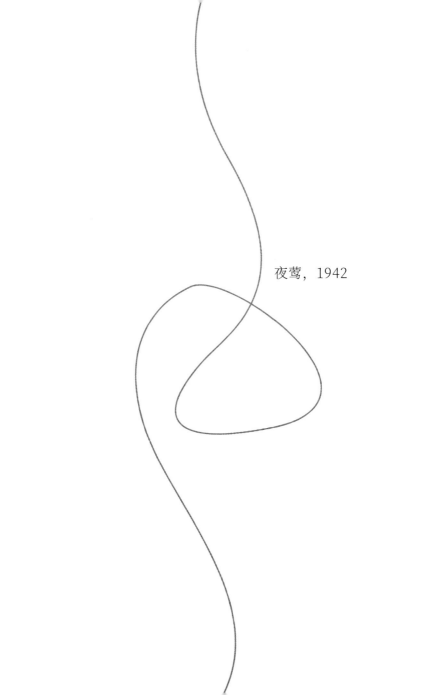

夜莺，1942

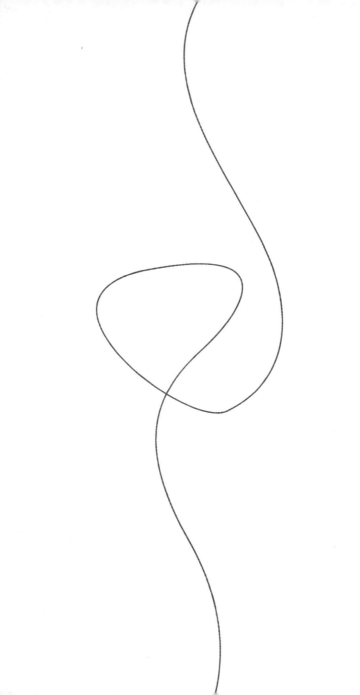

　　范妮不知道是雅诺什自己认为平庸比世界上所有的形而上学都更真实，还是在引用别人的话。这并不重要，毕竟不是问题的关键。他站在讲桌后面，正准备做个演讲。他显然喜欢站在那里。范妮忘了交作业，老师也没提起。她满怀期待地注视着雅诺什的一举一动，仿佛她能从中读到什么——关于她的东西，尽管她痛苦地意识到这只是一厢情愿的想法，但还是在等待，无论那是多么微妙或令她害羞。

　　雅诺什小心翼翼地提起一个中型行李箱那么大的东西，外面裹着一层黑色塑料袋。他带着明显的激动，拿出一把铅笔刀，划开了塑料袋。全班的注意力都集中在雅诺什身上。他故作玄虚地将宝贝大白于"天下"：那是一台开盘式老旧录音机，机身写着"TEAC A-3300SX"，开盘带上写着"麦克塞尔"。而且令人意外的是，他打算用寥寥几句，向同学们解释接下来他们要体验的东西是多么珍贵。同学们静静地坐着。范妮能感觉到自己的心跳。她环顾四周，担心别人听到。雅诺什打开了录音机，教室内立刻响起美妙的鸟鸣——一只鸟儿令人惆怅的啭鸣声。范妮转过头去，面朝墙壁，她的心跳和鸟叫声交融在一起。

这样的声音持续了几分钟，然后另一种声音从远处传来，起初微弱，好像在犹豫，在思考，举棋不定。那是一架飞机的声音。但它很快变得震耳欲聋、气势汹汹，几乎淹没了鸟儿的歌声。范妮很想站起来，想离开，走出这个教室，甩掉录音招来的悲伤。飞机在她的脑海轰鸣。她凝视着墙壁，口中涌出唾液，吐不掉又咽不下。轰鸣声逐渐变小，很快结束了，录音机发出咔嗒一声。那机械的声音让范妮如释重负。

学生们静静地坐着，好像在等待雅诺什的指示，等待他下达任务或是做个解释。雅诺什以他一贯的权威口吻说道，他们听到的录音是1942年5月19日在英国录制的，是一只夜莺和一架从德国柏林或科隆的空袭任务中返回的兰开斯特轰炸机的声音。雅诺什的演讲结束了。他把东西收拾好，坐回自己的位置——范妮的前座。她闻到了他身上的气味，那是淡淡的树脂味，或许是一种香料味。令她大吃一惊的是，雅诺什突然从椅子上转过身来，递给她一个苹果，问她要不要吃。雅诺什直率地告诉范妮，她的脸色有点苍白。范妮点点头，但她只能吃一半。雅诺什徒手将苹果一分为二，把一半放在范妮面前，然后转过身去。范妮听见他咬果肉的清脆声响。她也咬了一口，苹果酸甜可口，但她只吃一口就饱了。

在去火车站的路上，范妮想起了那颗钉子，手臂上的伤在刺痛。她意识到，当她感到悲伤、充满渴望或被另一种无法抗拒的情绪所压倒时，她的外表却从不泄露她内心的感受。是因为她太腼腆吗？还是因为她太礼貌，就像那些对外界敬而远之的人一样？不管怎样，她认为悲伤是一个人应该保守的秘密。

当范妮回到家，走进漆黑的房间时心想，或者确切地说，她清楚地意识到她没有在周围世界中建立起任何东西，她的人生一无所获。如果没有悲伤，可以说没有什么东西是属于她的。她劈柴、吸尘、洗衣服，把叠好的衣服挂在该挂的地方，上衣在这儿，夹克在那儿，内衣在抽屉里，裤子在衣橱的架子上。她唯一想念的，孤寂的生活中唯一在乎的，是雅诺什。这是一种奇怪的渴望。她怎么能时刻想着一个她不熟悉的人，而不是提醒自己很可能会被拒绝？在教室里，在校园里，即使用苹果表示体贴之后，对雅诺什来说，范妮还是个可有可无的人。

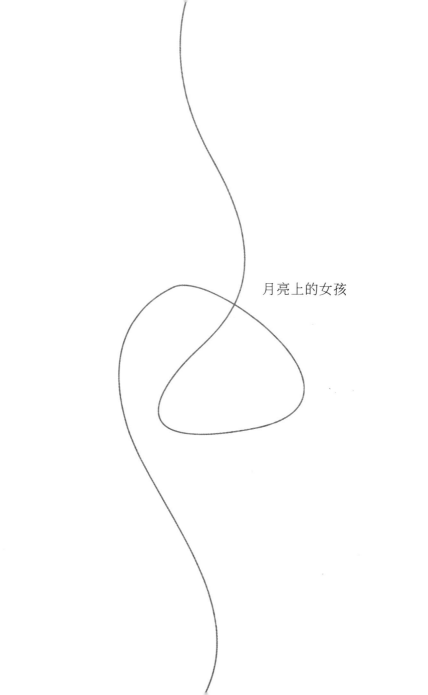

月亮上的女孩

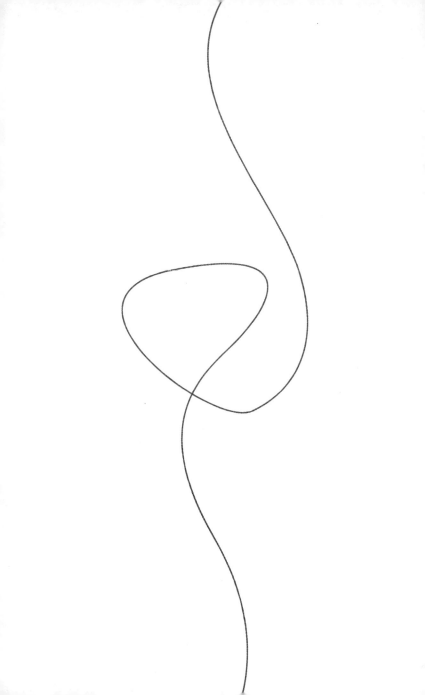

阿尔姆一大早要去城里办点事，所以如果范妮愿意的话，可以搭他的顺风车去上学。他一边开车，一边用纸杯喝着咖啡。他喜欢把杯子捧在手心，感受它的温暖。他睡眼惺忪，但还是不知疲倦地说着一些不起眼的小事是如何推动世界发展的。他相信所有事物都是相互关联的，没有一样东西能独自存在。

范妮觉得他的这个观点相当肤浅，但她没说出来。她认为事物之间的依存关系不会有什么积极意义，反而会助长暴虐和依赖，导致命运的高低贵贱。她想象着一群工人在离公路不远的地方安装了一座输电塔，在输电塔架设一两年后，由于某种令人费解的原因，也许是一时的失神，一辆轿车冲出公路，撞向了这座高耸的钢铁建筑。车里的两个人，一男一女，被送往最近的医院。一位医生在急诊室加班。他错过了儿子的第一场学校演出，儿子已经一个星期没和他说话了。事故中的男人和女人相继去世。他们十七岁的女儿开始对死亡着迷。谁都能看得出她被死亡迷住了，对此她深信不疑，因为人们不可能不注意到她那张痛苦的脸。阿尔姆说话的时候，范妮组合了一个渺小但合理的逻辑序列：她出生了+输电塔被架起=她失去了一切。这有什么意义呢？置于逝者眼睛上的硬币和绑尸体下巴的绷带有什么用呢？这是什么破迷信？希望他们再也看不见，再也说不了话吗？而范妮自己呢，害怕死亡吗？不，她不怕。她害怕的是不死。她害怕有什么力量会阻止她消失，不让她逃离。被遗忘，被抛弃，像幽灵一样在自己空虚的生活中游荡，这才是最可怕的。

范妮把头靠在冰冷的车窗上。外面还是很黑，细雨霏霏，下得无声无息。雨水汇集成不规则的小溪流，悄悄地顺着车窗玻璃淌下。她感觉自己像个宇航员，凝视着太空，凝视着包罗一切的无尽黑暗，只是偶尔瞥见一线光亮，那是柔和的钠灯、远处水塘闪闪的波光。她坐在一艘宇宙飞船里，在一颗未知行星上滑行。一下子，她感到一身轻松。她周围的一切都有了生命，就像树有生命，马、青蛙和苍蝇有生命一样。她在做梦，她很快乐。一阵颠簸过后，她的脑海里浮现出一幅清莹透澈的美景：蔚蓝雄伟的山岳、玲珑剔透的深渊、葱葱茏茏的林木和斑斑驳驳的暗影。她闭上了眼睛。阿尔姆的独白声渐渐淡去。他从哪里来？他有孩子吗？他身上似乎带着上一代人的惋惜。他与他以前的生活决裂了吗？以前的生活又是什么？

一只兔子左拐右拐地在前照灯的光线中经过，它优美而仓皇地弹跳，在路面上投下了长长的、飘忽不定的影子。这只小家伙最后跳进路边的沟里，消失得无影无踪。

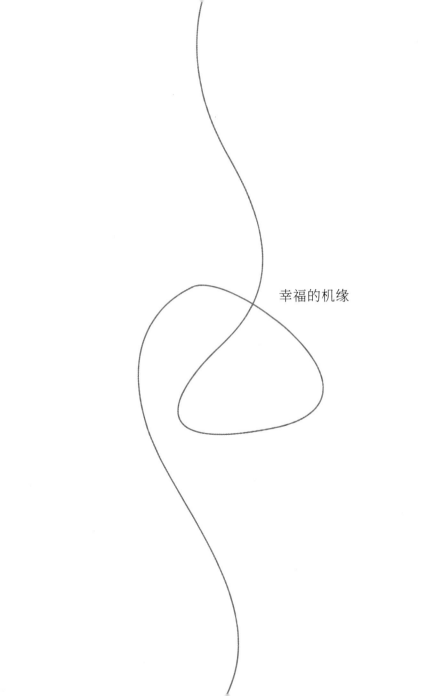

幸福的机缘

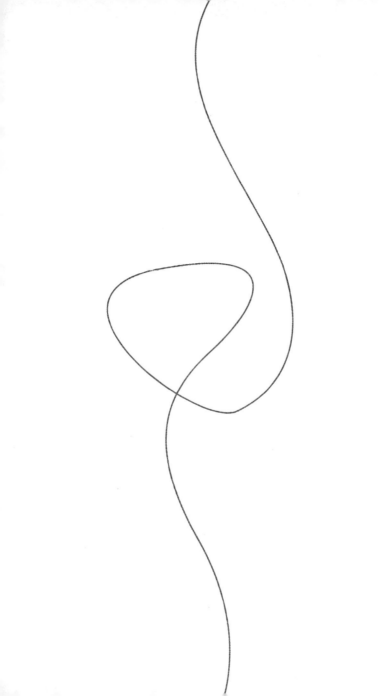

那是十月的一个星期天。一个女孩沿着山谷北侧蜿蜒曲折的土路骑车而来。从远处看，这条土路犹如秋日田野和平缓山坡之间的分界线。范妮从厨房的窗户看到了那个骑车的女孩。她把面包放在案板上，目光跟随着自行车。骑车人消失在小溪边茂密的树丛后面，再过一会儿，她就会从范妮的房子前面经过。

范妮半开着窗户。一股腐败的草味从菜园里飘进来，连日的雨水使土壤饱和，长时间的潮湿使植物处于垂死边缘。可是，她去哪里了？范妮探出身子，以便看得更清楚。这一小段路通常只需要几秒钟，但现在差不多过了一分钟，那个女孩才再次出现。她推着自行车，一瘸一拐地走着。尽管天气阴沉，她还是穿着薄连衣裙和羊毛开衫。车把和车架上没有挂篮子，也看不到背包，显然，她并不打算长途旅行。范妮向窗外吹了一声响亮的口哨，但她立刻就后悔了。她想躲起来，但那样就有点不礼貌了，而且不管怎么说，对方已经看到了她。女孩挥挥手，说了一句范妮没听清的话。范妮把窗户开得大大的，叫那个陌生人在原地等待。

那个女孩很健谈，范妮一走到她跟前，她就伸出手来，像老朋友一样说，天要下雨了，所以最好还是赶紧回家。范妮看了看她的膝盖。她的紧身裤破了一个洞，膝盖被擦伤，正在流血。流血是好事，范妮说，血会清理伤口。自行车的轮胎被扎破了，但这不是问题，范妮可以修好。她比范妮大几岁，大概二十多岁。她道了声谢谢，并承认自己不太擅长这类事情。她不停地说这说那：秋天的太阳似乎变小了，不觉得奇怪吗？毫无疑问，这只是她的想象，但真的太惊人了，所以她不禁感到好奇。是的，很奇怪，范妮意外地同意她的说法，太阳看起来确实比以前变小了，也许这与寒冷的天气有关。范妮知道这个陌生女孩只是在和她套近乎，但她很想好好表现。

范妮推着自行车，和女孩一起走到房子跟前。范妮走进屋去，盛了一盆水，拿出她的工具包，准备修补内胎。她用螺丝刀小心地将外胎推到一边，拉出内胎，给它打满气，然后按在水里。那个女孩睁大眼睛看着，仿佛她正在目睹一种魔法。找到了，范妮说，指着黑色橡胶上一个小小的裂口冒出的气泡。她擦干裂口处，用细砂纸打磨，粘上一块补丁，然后摩擦车胎补丁，直到胶水变干。

女孩站了起来，再次伸出手。范妮手指上的胶水粘在那个女孩的手上，但她似乎没有在意。她们做了自我介绍。女孩叫卡伦，本来想去湖边，没有什么特别的事儿，就是想透透气。出门前她没有穿御寒的衣服。她抬起头，做了个深呼吸。外面刚下起蒙蒙细雨，但她的羊毛衫早有了一股潮味。

她指着地面，问范妮那块黑乎乎的是什么——看起来像血。卡伦给范妮留下了深刻的印象：她要说什么的时候，总是会用手指着那个东西。范妮从地上找到了气门嘴帽，把它捡起来，拧在轮子上。不知卡伦想和自己一起去森林里采蘑菇吗？提议刚脱口而出，范妮就后悔了。她问得是如此不假思索，几乎什么都没有考虑。但范妮不想让卡伦离开这里，不要这么快，不要现在。

卡伦骑上自行车，压了压车把，检查了一下内胎是否真的修补好。范妮感到尴尬，不仅是因为她的提议，也是因为她的提议没有得到答复。卡伦咕哝着，天气太冷了，不能游个泳真是可惜。卡伦说了什么对范妮来说并不重要，只要开口就好，这句不着边际的话让她松了一口气。

范妮说她知道一个地方，那里有很多鸡油菌。卡伦脱下了她的羊毛开衫。她得向范妮借几件保暖的衣服或一件外套。范妮点点头。她邀请卡伦进屋，领着她穿过了碎石路。

一进屋，卡伦就四处走动，看看这个瞧瞧那个，好像在现场看房似的，每间屋子都检查了一遍。范妮的家真是不错。家里没有其他人吗？她是独生女吗？范妮简单解释了一下。卡伦并没有大惊小怪，只是同情地摇了摇头，走过去站在客厅的窗前。窗外是覆盆子丛，她欣赏着风景，显然心情很好。然后，她又指着远处，叫道：看那一大群鸟！真是太可爱了。这一切都那么可爱，那么美妙！你说是不是很奇怪？在英语中，一群海鸥的说法是"一棉束的海鸥"，一群鱼的说法是"一学校的鱼"，这些听起来还能用逻辑解释，但一群乌鸦竟然是"一谋杀案的乌鸦"①。没错，这种表述确实很奇怪，范妮表示赞同。乌鸦谋杀案，听起来像是犯罪小说的标题。

范妮有个习惯，喜欢听别人——完全陌生、从未和她交谈过的人——说话。她会怀着极大的兴趣去聆听一个与自己毫无瓜葛的人说的话。当她意识到自己以后再也见不到某人时，她就会怀着一种奇特的感情，试图掌握或记忆这个人说话的语气。通过模仿来记住别人是相当幼稚的，但她觉得非常有趣。她的父母在世的时候是怎样说话的？她记不清了，但她觉得他们从来没有谈过什么特别有趣或

---

① 在英文中，一群海鸥是"a flock of seagulls"，其中量词"flock"为棉束的意思；一群鱼是"a school of fish"，其中量词"school"为学校的意思；一群乌鸦是"a murder of crows"，其中量词"murder"为谋杀的意思。

有意义的事情。

　　不一会儿，两个女孩一起上了山。她们穿过松树林，踩过从泥土里露出的石头，跳过湿漉漉的洼地里裸露盘结的粗大树根。她们终于找到了范妮所说的鸡油菌。就在一周前，范妮在被砍伐的树木后面意外发现了这些黄金佳肴。她已经采得够多了，把大衣的口袋塞得满满的，但还是剩下了很多。她俩每人提了一个篮子，开始采摘起来。范妮心里对她与卡伦的一见如故感到困惑。她觉得她们之间有某种相似之处，当然是在气质方面，两人都既体贴又率真。

　　卡伦告诉她，她刚搬到这一地带，买了一幢农舍正在翻修。她说后半句时明显用了嘲讽的口吻。范妮不确定卡伦在嘲讽什么或在嘲讽谁，还是在两头下注，因为她知道这次新尝试的结果并不确定。不管怎么说，卡伦很坦率，范妮认为这是她信任自己的表现，而这意味着范妮也可以报之以信任。她知道她的想法很天真——即便不是彻头彻尾的幼稚——但她仍然觉得这是她人生中的一个转折点。一个人可以随便去想象，不是吗？毕竟，想象不会伤害任何人。任何事情想象起来都很简单，一个人当然可以让自己奢望一些美好的东西。这不会有任何风险——她们只是在一边采摘鸡油菌，一边谈论着美丽的景色：整个山坡红黄相间，色彩斑斓，树干缝隙间闪耀着银灰的天空。她们弯着腰走来走去，一遍又一遍地感叹能够采到这么多蘑菇是多么令人开心。她们在一起，像是两个失散多年的亲人找到了彼此，即使这是她们唯一一次相遇，两人也得原模原样回到自己的生活中。

天已经黑了，两人提着篮子满载而归。卡伦提议她们应该再见面。范妮很激动，因为这句话卡伦说得一点也不含糊，而且还不是由范妮自己提出的。在道别之前，卡伦说，重点是要重复去做，要不断自我更新。范妮不是很理解。也许卡伦是说，下次见面时，她们都会有所改变。即使只是几天的时间，她们也会跟以前不一样，虽然她们已经彼此相识，可以一见面就聊起来，但对于这些难懂的话语，范妮除了点头，还能做什么呢？但她打心眼里高兴，因为她和卡伦情投意合。

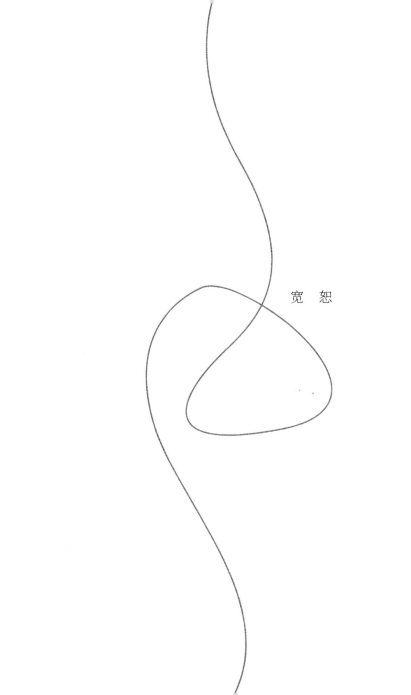

宽恕

那是什么鸟？忽然间，十几只小鸟飞来，掠起一阵轻风，抖落了李树上的露珠。范妮从厨房窗户里望着花园的景象，她不知道那是什么鸟。起初，她被那些小小的灰色飞物吓了一跳，还以为是蝙蝠。它们在空中盘旋，犹如巨大的蜜蜂汇聚成群，随即消失在外屋后方。范妮找来小时候她母亲买给她的一本鸟类书籍，但还是没有查到这种小型飞禽，反而在翻腾旧书柜时踩到了一颗生锈的钉子。于是她放弃了，反正她对鸟类也不太感兴趣。

当她走到教堂时，门正开着，落叶在过道和长椅间翻滚。阿尔姆在圣坛前来回踱步，排练他的主日讲道。他脸上带着沮丧的神情，喃喃自语：在哪儿？在哪一部福音书①

———————————

① 福音书是以记述耶稣生平与复活事迹为主的文件、书信与书籍。

里耶稣说过"狐狸有洞，天空的飞鸟有窝"？他头也不抬地说，他早该背完了，但他一点也不期待会众寥寥无几的礼拜仪式。他怎样才能让那些头脑冷静、内心平和的信徒重燃兴致呢？除了无聊的坚振圣事，他还能为他们做什么？

他冲范妮招了招手，待她随他走进法衣室后关上了门。这间寂静阴凉的房间好像能够使他更有决心对范妮坦承一些事情。坦承什么呢？他手握拳头，用指关节敲击着那本旧皮面《圣经》，开始说起：每当他这样聆听时，在一片沉寂中，说话者的声音会慢慢飘远，而他童年时期的画面会在脑海里闪现，仿佛有什么谜团等着他解开。这种感觉就像旧梦重温。当然这是自相矛盾且几近荒谬的，但幸亏这些被他称之为卡巴拉①式体验的幻觉，他能够暂时忘却烦恼，逃离自我。

他背对范妮站着，尽管他说得既紧张又含糊，范妮还是乐意听。阿尔姆从未对她说过这么多。他是不是快崩溃

① 卡巴拉，又称"希伯来神秘哲学"，是从基督教产生以前开始，在犹太教内部发展起来的一整套神秘主义学说，注重精神和感觉。

了？精神病人是不是就这样说话的？范妮希望他转过身，好让她看清他的脸色、神态以及那双和善的眼眸的变化。但没有，阿尔姆依然背对着她，继续道：在学生时代，他以想象力丰富而出名。人们总是这样夸赞他。他缓缓摇了摇头。那时，他就已经认为想象力是一种令人不快的人类天赋，是一种负担，是一种不受控制的东西。

范妮不知道该说什么好。她应该怎么安慰他呢？她觉得阿尔姆没有欺骗谁，他只是忧伤而已。是的，她想，肯定是这样，尽管她不确定自己在这方面有多少感悟。牧师终于转过身来。范妮怎能不宽恕他呢？她真不该认为他有什么不对劲。之前不应该那么想，范妮知道他很累。她心一软，突然很想轻抚他的头。阿尔姆身子前倾，紧靠烛火，用力一吹。刹那间，如同坠入了无尽黑渊。

在回家的路上，范妮清晰地忆起那头鹿，它在死神面前奔腾跳跃，像一只夏日里欢唱的蟾蜍。

范妮在黑夜里

做白日梦

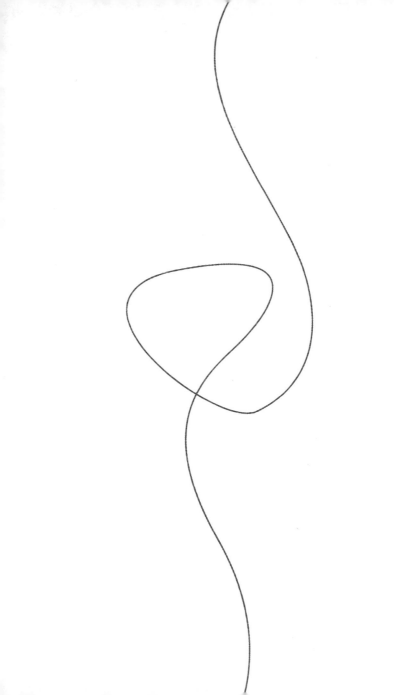

　　范妮又失眠了。十月伊始，一股温暖干燥的风吹过附近地区，接着下了两天雨后，万物开始披上霜雪。范妮整天心神不定。一连几个晚上，她躺在床上等着入睡，就像等待一个说要来却没有露面的靠不住的朋友。在学校里，她强打精神才能避免在课堂上打瞌睡。在第三天晚上，一直到凌晨四点半，她都没有合眼，所以索性就起床了。

　　她在餐桌旁坐下，凝视自己映在窗户玻璃上的扭曲身影，胡思乱想着。她和雅诺什之间会发生什么呢。雅诺什说话或做事的时候，似乎在等待别人的反应，或者等着某种结果，也有可能恰恰相反——他完全不在乎别人的看法。不论如何，在某种程度上，他是一个既外向又内敛的人。

　　范妮热了些牛奶，又坐了下来，陷入沉思。卡伦怎么了？她是那么善良又真诚，可是现在一个星期过去了，没有她的任何消息。范妮疲惫不堪，开始怀疑她和卡伦的相遇只是一场梦。尽管她知道这不可能，但她的记忆更像是一连串疑惑不解的渴望，而不是真真切切的现实。

一只大苍蝇从窗台上嗡嗡飞起，像一架小飞机在她的头顶附近盘旋。她想起母亲总是把误入室内的昆虫赶到前面的台阶上放生。范妮则不这么想——苍蝇必须付出生命的代价。她无法容忍这些臭名昭著的害虫。她抓起一沓报纸，把它卷起来，等待着。苍蝇一落下，她就把它拍死了。她第一次就成功打到了苍蝇，结果橱柜门上留下一团黏糊糊的东西，所以她不得不用温水和抹布来清洗。

自从她父母去世后，房子就没被好好打扫过。湿布在柜门上留下了一道白色的条纹，看起来像用画笔在那只昆虫死去的地方划了一下。范妮一向用木头生火。难道墙壁被烟灰熏黑了吗？天花板也很脏吗？范妮看了看时钟，时间还早着。她在水桶里装满了温热的肥皂水，开始清洁厨房。橱柜门、台面、墙壁，还有炉子和冰箱的格子，全都清理了一遍，连天花板也擦了。范妮爬上一把椅子，前后左右移位，用湿布用力擦着天花板。第一遍的时候，貌似更脏了，她后悔不该这么擦，但再擦一遍后就干净了。

她穿着睡裤和背心，筋疲力尽地躺在地板上，仰望着天花板。为什么这种时候还在想着雅诺什？为什么她觉得雅诺什是她可以完全信赖的勇敢的人？她带着惊讶而轻蔑的微笑盯着天花板，似乎不敢相信自己的直觉。她用指尖碰了碰前臂上的三条隆起的伤疤，比起抚摸更像是检查。伤口开始愈合了。

去公交车站还是有点早。范妮洗了个澡，穿好衣服。她必须去上学。她在午餐盒里放了一根胡萝卜，从水龙头里接了一瓶水，然后坐下来等着。她猜自己回到家会很饿，但懒得去看冰箱里是否还有什么可以当一餐的东西。

外面黑漆漆的，脚下很滑，她好几次差点跌倒。到达公交车站后，她在候车亭下的长凳上坐了下来。一阵陌生的眩晕向她袭来，好像身体已经不属于她自己，感觉混混沌沌又轻飘飘的。她深吸了一口气，但情况变得更糟。她不得不倒向一边，感觉到冰冷的木板贴在她的脸颊上。这是一张粗糙坚硬的床，但也只能这样了。她闭上眼睛，挤出一丝微笑，却不知道为什么要笑。地面在摇晃，她只好用手去感觉。是她自己在发抖吗？

有人碰了碰她的胳膊，把她弄醒了。那是一只温柔、小心的手。一个人站在她身旁，是一个年纪较大的男人，穿着破旧的工作服，戴着一顶帽子。他问是不是出了什么事。没有，没什么事儿，范妮向他保证。她坐了起来，揉了揉眼睛，打了个哈欠。那人后退了几步，皱了皱眉头。他身后是一辆红色的拖拉机。那台机器在清晨的寒光下看起来很魁伟。范妮眯着眼看着这陌生的一切。确定什么事也没有吗？她点了点头，她确定。她一直在等公交车，然后睡着了，仅此而已。那人转身爬上拖拉机。他能载她去什么地方呢？他显然认出了范妮。她是那对已故夫妇的女儿。那是一场车祸，是吧？太遗憾了。只要他能帮上忙，说一声就行。

范妮还是处于半睡半醒的状态。她感谢他的好意，想着搭个便车回家也不错。她爬上拖拉机后，那人启动了引擎。范妮离他很近，能闻到他呼吸中的烟味。他抽的烟里一定有很多焦油。那人什么也没说，脸上的表情试图掩饰真实的想法：他不相信她说的话，这个女孩有事瞒着他，她看起来很不对劲。

范妮回到家后，才意识到自己在外面睡了很久。她看了看手机，已经过了四个小时。她在那个破旧的公交候车亭下睡了四个小时。她像个无家可归的流浪者一样躺在那里，像一具尸体、一个死去的女孩。

屋子里很安静。像往常一样，风在烟囱里呼啸。她站着听了一会儿，陷入沉思。似乎有什么东西在靠近。一声低沉的咆哮，但范妮搞不清是从哪儿来的，是在屋内还是在屋外。她打开了前门，冷风吹在她的脸上，一个巨大的阴影掠过房子、树林和田野上空。大大的冰雹猝不及防地打在屋顶上、墙壁上、树梢上。范妮低着头，走到碎石路上。小冰球在她脚边跳来跳去。她忍不住笑了起来，张开双手，迎接苦涩的冰雨，用手抓住小冰球。笑声发自她的腹部深处，那是一种喘息般的狂笑。她伸出手臂，让冰雹

砸在皮肤上。也许这就是上帝的意志？范妮想。如果冰雹
就是上帝说话的方式呢？就像《旧约》里上帝降下瘟疫一
样。也许这就是上帝在对她说话：来自北方的乌云并没有愤
怒地咆哮，而是发出压抑的低吟，像是在诉说着所有的暴
行和总有一天会降临的苦难。

冰雹离开了房子和花园，噼啪声渐渐消失了。范妮望
着那团云影越过东边的田野，飞向河岸的尽头，到达了穿
过树林的道路上空。这种自然现象真的是某种神秘的语言
吗？不，她为什么会这么想？范妮很少有自我厌恶的感觉。
她允许自己想象任何喜欢的东西。但是，如果人生只是一
场冒险之旅呢？那样的话，人们或许会更容易忘记悲伤，
更容易想通发生的各种事件。

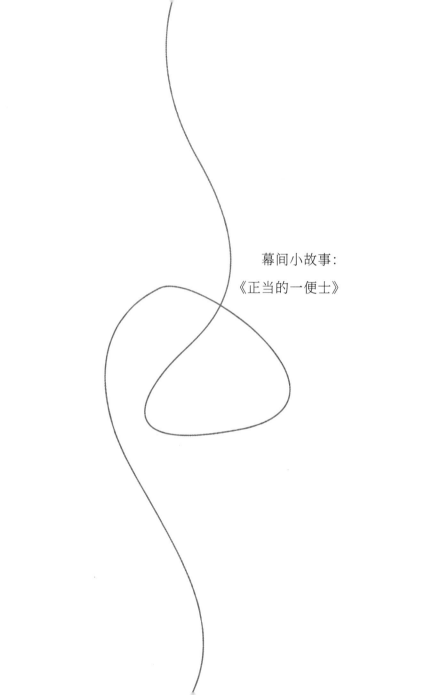

幕间小故事：

《正当的一便士》

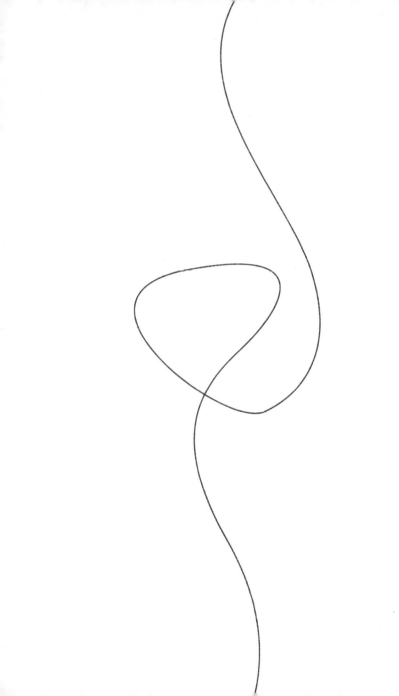

从前，有一位贫穷的母亲，住在村子边上的一间茅草屋里。她缺衣少食，也没有柴火可烧，所以让小女儿去森林里拾柴。那是一个寒冷的秋日，天灰蒙蒙的。为了保持体温，女孩不停地跑啊跳啊！每当捡起一根树枝或树根放进筐里时，她都会用手臂拍打一下身体。太冷了，她的手像灌木丛中的越橘一样红。

在捡好柴回家的路上，她偶然在一片空地上看到了一块皱巴巴的白色石头。"哦，可怜的老石头，你是多么的苍白，你肯定冻坏了吧！"女孩说着，脱下外套，盖在石头上。

当她背着筐子回到家时，她的母亲问她，这么冷的天为什么只穿一件羊毛衫。女孩说她看到了一块老石头，上面结了白白的霜，所以把自己的外套给了它。"你这个傻瓜！"母亲骂道，"你以为石头会感觉到寒冷吗？即使它冻得发抖又怎样？人人为自己。给你穿戴的花销已经够多了，你竟然还把外套送给一块野外的石头。"然后她赶女孩去拿外套。

女孩走到那块石头跟前，发现它好像翻了个身，埋在土里的一面被掀开了。"哦，你觉得热了吗？那是因为你有了外套，可怜的小东西！"女孩说。但她再仔细一瞧，发现石头下面有一个箱子，里面装满了闪闪发光的银币。"这一定是偷来的钱。"女孩想，"没有人会把自己正当挣得的钱藏在森林里的石头下面。"她把箱子抱到森林里的一个湖边，把所有的钱都扔了进去。只有一枚一便士①银币浮到水面上。"啊，这一定是正当赚来的钱，因为正当的东西永远不会沉没。"女孩说着，捞起这枚银币，然后拿上自己的外套回了家。

她把发生的事情告诉了母亲，石头翻了个身，她在石

---

① 便士（pence）在中世纪指小额银币。

头下面发现了一个装满银币的箱子，然后把箱子投进了湖里，因为里面的钱是偷来的。"但是只有这一枚浮在水面上，所以我就收下了，因为它是正当的一便士。"女孩说。

"你这个傻瓜，"她的母亲非常生气地说，"如果只有正当的东西才能浮起来，那么这世间就没有多少东西是正当的。即使那些钱被偷过十次，那也是你找到的。人人为自己。如果你把那些钱拿来的话，以后我们就可以过上好日子。但你是个傻瓜，永远是个傻瓜，我不会再为你操劳了。你走吧，自己养活自己吧。"

于是女孩离开家，来到了外面的大千世界。她走了很远很远的路去找工作，但无论走到哪里，人们都觉得她太小太弱，对他们没有用处。最后，她来到一个商人的家里，在厨房里找到了一份为厨师搬木头和提水的工作。

有一天，商人准备去国外旅行。他召集众仆人，问他们有没有什么要让他捎来的。当其他人一一说完后，终于轮到了那个为厨师端柴提水的女孩。她拿出了她的一便士。"你想让我买什么呢？一便士买不了什么。"商人问道。"能买什么就买什么吧，这是正当的钱，我知道的。"女孩说。商人答应下来，然后就起航了。

商人在国外卸货又装船，并买下他答应仆人的所有东西后回到了船上。直到准备离港时，他才想起帮厨女佣的一便士。"我还得为了一便士，大老远跑回城里吗？做好事总是得不偿失。"商人想。就在这时，一位老妇人背着麻袋从他身边走过。"老妈妈，你的袋子里装的是什么？"商人问道。"噢，不过是一只小猫，我没钱再喂它了，所以想把它扔进水里淹死。"老妇人回答。"那女孩说过，我可以买下任何能买的东西。"商人自言自语。他问老妇人是否愿意让他用一便士买下她的猫。好啊，老妇人痛快地答应了，于是交易就达成了。

起航后不久，刮起了一场可怕的风暴，天气糟糕透顶。商人听天由命地漂啊漂，不知道自己身在何处。最后，他漂到了一个他从未去过的国度。

上岸后，他在那里的城镇找了个酒馆，发现酒馆里的顾客人手一根木棒。商人觉得很奇怪，他不知道木棒是干什么用的。他想他可以先坐下来看看别人怎么使用，然后自己照做就行。当饭菜端上桌的时候，他知道了棒子的作用：成千上万只老鼠蜂拥而至，用餐的人必须用木棒驱赶它们。商人的耳边响起此起彼伏的击打声，一个比一个用力。有时他们会打到旁边人的脸，所以不得不道歉。"在这个国家吃饭真是辛苦啊！但你们为什么不养猫呢？"商人问。"猫？"他们惊讶地问。这些人不知道猫是什么。于是，商人派人抱来了他为帮厨女佣买的那只小猫。猫一出现，老鼠都跑回了洞里，人们可以安静地坐下来吃饭了，这是他们从未经历过的。他们恳求商人把他的猫卖给他们。他最终同意把猫卖给他们，但只收了一百达勒①。这些人心甘情愿地付了钱，并向商人表示了感谢。

　　商人再次扬帆起航。但刚出海他就发现那只猫出现在主桅杆上。不久之后，海面上风浪大起，比上次更猛烈。商人漂啊漂，又来到了一个他从未到过的地方。商人又找

---

① 达勒是欧洲古货币单位，美元（dollar）的英文单词起源于此。

了一家酒馆，这里的桌子上也摆着木棒，比之前的更大更长。这是有必要的，因为这里的老鼠更多，而且比他上次见过的老鼠大一倍。于是，他又一次把猫卖了，只是这次没有讨价还价，直接收了二百达勒。当商人第三次驶离港口时，小猫又爬上了桅杆顶。接着又是一场风暴，这次持续了好几天，船漂流到了一个他从未踏足的国家。他再次来到一家酒馆，这里的桌子上也摆满了木棒，只是它们有一厄尔①半长，像扫帚把一样粗。这里的人们说，吃饭是最艰难的事儿，这里有数不清的又大又丑的老鼠。他们能偶尔吃上一两口都算幸运，因为他们不得不努力驱赶老鼠。于是，猫又一次被人从船上抱了过来。人们可以放心用餐了。他们央求商人把他的猫卖给他们，他再三拒绝，但最终还是以三百达勒的价格卖了。他们带着祝福和感谢，很高兴地付了钱。

　　商人一出海就寻思女孩应该从她的一便士里赚到多少

---

① 厄尔是旧时量布的长度单位，一厄尔相当于一百一十五厘米。

钱。"嗯，她会得到一部分的，"商人自言自语，"但不是全部。她要感谢我买了这只猫。毕竟，人人为自己。"可是商人刚这么一想，海面就开始波涛翻滚，狂风巨浪差点把船给淹了。商人明白唯一的办法就是答应让那个女孩得到所有的钱。他一做出承诺，天气就好转了，一路上顺风顺水。

回到家后，商人给了那个女孩六百达勒，再加上他的儿子：因为这个女佣现在和商人一样富有了。女孩从此过上了幸福的生活，有财富又有爱情。她接来了自己的母亲，并且对她很孝顺。"我不相信人人为自己。"女孩说。

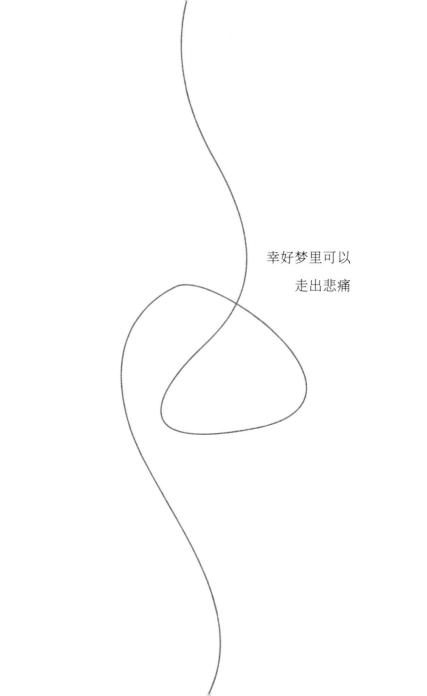

幸好梦里可以
走出悲痛

那颗星星叫什么？启明星？如果不是，她会叫它什么？范妮应该给它取个什么名字呢？嗯，一颗黎明之星，就叫"黎明之星"吧。它悬挂在北方天空，在森林覆盖的群山之上，不属于任何人又属于所有人，无论贫富贵贱。每当仰望如此奇异壮丽的遥远星空，范妮都会心潮激荡。也许它只是一颗反射恒星光亮的卫星。这并不重要，因为即使这样也丝毫不减她的兴趣。

她从外屋找到了锉钉子的工具。她把钉尖磨得更锋利些，磨好后她把钉子装进口袋，回到了内屋。

她煮了一个鸡蛋，在水龙头下浇了些冷水后，直接站在水槽边吃了起来。她一直以来都很沉着，一直以为能控制自己。但现在她不耐烦了，坐立不安。她走进浴室，脱下衣服，拿出了钉子，把它举到面前。她的脸色很苍白，钉子在她喉咙上投下了细细的影子。

　　当天晚上，她做了个梦，梦见自己听到了父母在屋里的声音——墙壁那头窸窣作响。尽管她在睡梦中，但梦里的情景是那么真实，就像床头柜上的台灯发出的宁静光圈一样真实，就像掉在地板上的漫画书一样具体，就像曾经刮伤她的脸的树枝一样触手可及——她的眼睛上方仍然有一个小疤痕，不靠近的话是看不见的。在梦中，她对着一堆余烬吹气，吹得它越来越红，最终噼啪作响，活蹦乱跳地燃烧起来。她用赤手握着火苗，但就在醒来的那一刻，火苗变成了一块煤。她从床上坐起来，低头看着自己的手，什么也没有。

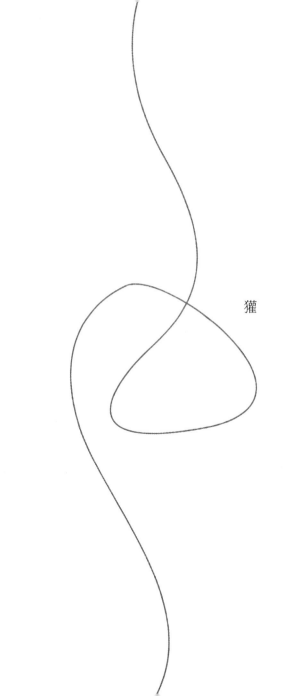

獲

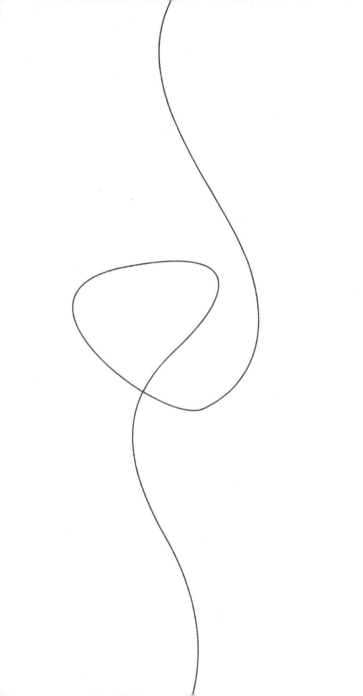

卡伦和范妮又一次偶然相遇。她们在购物中心的自动扶梯上撞见了对方。卡伦正要去楼上买一双雨靴，范妮则从药店买了止痛药。卡伦说她想过联系范妮，但每天都很忙。不过这样很好，她说，因为她喜欢工作，喜欢把事情做好。她们一起走出商场，走到范妮那辆没上锁的自行车旁。雨下得很大。范妮套上夹克衫的兜帽，把拉链拉到下巴。卡伦提出开车送她回家。卡伦有一辆皮卡，后面可以放自行车。范妮当然非常乐意搭她的车。

卡伦走到皮卡车边，把防水布拉开，然后不知所措地站着。剩下的事儿就交给范妮。范妮把备用轮胎推到一边，把自行车抬到后车厢。她知道这样炫耀自己的体力是一种不礼貌的行为，但她无法控制自己。卡伦甘拜下风。天哪，范妮真强壮！对于这样一个身材瘦削、四肢修长的女孩来说，范妮确实很有力气。

她们一路上没怎么说话。雨刷器唰啦啦地划着挡风玻璃。卡伦开车像蜗牛一样慢，至少范妮觉得很慢，所以花了很长时间，但和朋友在一起感觉真好。没什么重要的话要说，也没什么重要的事要做。在倾盆大雨中，坐在一起就足够了。

停车时，范妮问卡伦是否喜欢住在农村，是否过得顺利。范妮问这些，主要是为了拖延时间。卡伦没有饲养牲畜，所以并不麻烦，不过她想来年春天养几匹马。范妮打开了车门，却坐在原地不动。雨忽然停了。她直视着卡伦，下意识地说，她希望卡伦一个人生活。她没有说"独自①生活"，而是用了"一个人生活"这种表达，不管怎么说，范妮相信卡伦会理解她的意思。卡伦什么也没说，麻利地解开安全带，凑过去吻了吻范妮。范妮目瞪口呆，立刻抬手摸了摸自己的下唇。卡伦又吻了她，只是这次范妮闭上眼睛，接

---

① 在外语中，"独自"还有孤独寂寞的意思。

受了。但是，卡伦得赶紧走了。她们应该很快再见面吧？明天可以吗？范妮点点头，那太好了。她把兜帽拉开，在车子的侧窗里，她看到自己的头发像一丛坚果树。范妮下了车，直接踏进了一个水坑。卡伦挥了挥手，然后倒车到马路上。前照灯的光束照亮了路旁被冬雨打湿的树干。卡伦的汽车加速，消失在树林后面。

第二天，范妮在放学回家的火车上时，她的手机响了。她从口袋里掏出来一看，是个陌生号码。她有些迟疑地按下接听键，清了清嗓子，简短地问候了一声。是卡伦打来的。她问范妮想不想去森林里散步。卡伦说上次她走过很远的路，在山坡上发现了獾窝。她确信里面有一只獾，因为她听到了打鼾声，听起来像一个人在睡梦中急促呼吸一样。范妮没有立即回答，不是因为她拿不定主意，而是因为忽然觉得这个邀请非同小可。她用一根手指摸了摸嘴唇。几年前，她下决心要当修女。现在回忆起来真是太奇怪了！她的母亲很纳闷：范妮长得这么漂亮，为什么要去当修女呢？但范妮态度坚决，不肯动摇。你可以在那里尽情地美丽，而不用承担任何后果，范妮辩称，这就是修道院的好处。

卡伦又问了一遍范妮要不要去。要的，范妮要去，她连忙答应，她当然想去散步。

火车飞快地驶过农田。一个孤单的人正沿着森林边缘，在一片泥泞的田野尽头走着。他来回踱步，步履蹒跚。他在做什么？在找什么东西吗？范妮遥望着那个弯腰驼背的身影。当火车绕过山坡上的一个居民区时，那人突然从视野中消失了，就像他突然出现一样。

卡伦倒车进了院子。红色的刹车灯在傍晚的灰色薄雾中亮了片刻。范妮站在窗前，一看到她的朋友，就很自然地想起了雅诺什。起初范妮并没有意识到，只是她的这位同学自动跳进了她的脑海——还是那个熟悉的形象。范妮很恼火，雅诺什又出现了。她为什么要感到内疚？雅诺什为什么不放过她？范妮知道她这是无理取闹，雅诺什显然没有纠缠她。她握紧拳头，朝自己的胸口捶了一拳，奇怪的是，心思立刻平静了下来。

　　卡伦在车旁等着，仿佛在聆听想象中的回声。范妮想，在灰暗的天气里，卡伦看起来娇小玲珑。

　　她们沿着泥泞的拖拉机车辙进入了森林。车子在坑坑洼洼的路面上上下颠簸，左右摇晃。范妮的头在副驾驶门上方的把手上撞了好几次。尽管很疼，她还是噗嗤笑了。卡伦道了歉，但她确实无法避开。十五分钟后，她们到了一处白雪皑皑的高地，从那里可以俯瞰山谷中交替相间的田野和森林。然后她们又往下走，经过了一片松树林。范妮一向喜欢松树笔直的红褐色树干。天开始下起了冻雨。

　　她们在一片砍伐过的林间空地上停了下来。空气中弥漫着树脂和剥落的湿树皮的气味。她们穿上卡伦事先准备的雨靴，戴上又厚又硬的劳保手套，沿着一条穿过树林的小路走了一小会儿后，来到一个斜坡上，那里有几棵倒下的树。森林地面很滑，她们不得不小心翼翼地相互搀扶。范妮不明白卡伦怎么会一个人来这儿。卡伦看起来一副胸有成竹的样子。她真的是偶然发现这里的吗？她可能是一时兴起，想开车逛逛山林，然后沿着林间小径走到这片崎岖山地的。

獾的窝藏在一个石洞里。卡伦带头悄悄走下山坡，忽然驻足不动，把一根手指放在嘴唇上。她就是在这附近听到过獾的打鼾声。范妮以前从未见过獾。她蹲下来，好奇地窥视所有的孔洞和缝隙。两个女孩尽可能保持安静，以便能听到或瞥见那只动物，但耳边只有各种环境噪声：树叶沙沙声、溪流哗哗声、禽鸟叽喳声。

范妮知道獾生性暴躁，但她不顾危险，在石头间兴奋地爬来爬去。过了一会儿，卡伦向范妮招了招手。她们蹲下身。卡伦指着一条被一根翘起的树根半掩着的狭窄通道。清晰响亮的呼吸声从洞口传来，听起来确实像人的呼吸声，而且节奏也一样。她们成功找到了那只动物。

范妮很兴奋，想尽量靠近洞口往里瞧，可是卡伦把她拉了回来。不要冒不必要的风险。尽管这只动物显然已经睡着了，但对它来说，睡与醒之间只隔一层纱。她们席地而坐，窃窃私语，仿佛两人心有灵犀，一点就通。獾不时咕噜一声，卡伦和范妮就陷入紧张的沉默中。卡伦说獾咬人很厉害，一咬住就不放，直到把骨头咯嘣咬断。

范妮俯身在地，试图看清那只黑暗中的动物。当她以这种不舒服、不自然的姿势趴着时，她感觉到自己的心在怦怦跳。一只又大又黑、泛着蓝光的甲虫爬过她的手。范妮暗自咒骂了一声，用手指轻轻弹了一下。甲虫向前飞起，然后后背落地，四脚在空中乱舞。卡伦趴在范妮身边。她们用手掌撑着地，准备好随时跳起来逃跑。

从窝里传来的声音很奇怪，像有人一直在低声抱怨。卡伦猜测这只动物整晚都在外面觅食。洞口有一股淡淡的腐肉臭味随风飘散。卡伦问范妮，动物是否会做梦。对此范妮没有什么真知灼见，所以摇了摇头。这只獾好像在做噩梦，她想。卡伦茫然地看着她。范妮乖巧地低声说，也许动物的确能在梦境或幻觉中看到东西。许多动物都有本能，即使它们在睡觉，也能够通过梦中的印象，注意到周围环境中的动静。她觉得她的解释很牵强，所以止住话头，干脆说了声不知道，然后站起来伸了伸懒腰，从一块石头跳到另一块石头，离开了洞口。卡伦跟着她。范妮没有转头，径直沿着倒下的树木向山坡走去。

这时天色已晚，森林里沟壑遍布，一摔倒就可能很难再爬起。很快，卡伦的手电筒照亮了前路，这下走起来容易多了。范妮后悔自己竟然如此鲁莽地评论她一无所知的事情。动物是否做梦？难道自己知道什么吗？她不希望自己卖弄不确定的、道听途说的观点。

当她们回到树林时，范妮握住卡伦的手，向她道了歉。卡伦感到不明所以。什么意思？范妮为什么要道歉？卡伦将手电筒的光打在范妮的肚子上，好像要看穿范妮无依无靠又单纯善良的内心世界。范妮摇了摇头，没事，只是个误会。这一天，两人之间的亲密相处、包容和坦诚使她们建立了一种微妙的关系。当和卡伦一起穿过松林时，范妮感到心安意适。

可是一回到车上，范妮的心情完全变了——内心只有怀疑和纠结。当她回到家，又是孤单一人时，当她睡觉前在浴室里洗漱，下巴上沾着牙膏泡沫时，她比以往任何时候都觉得没有人真正喜欢她。

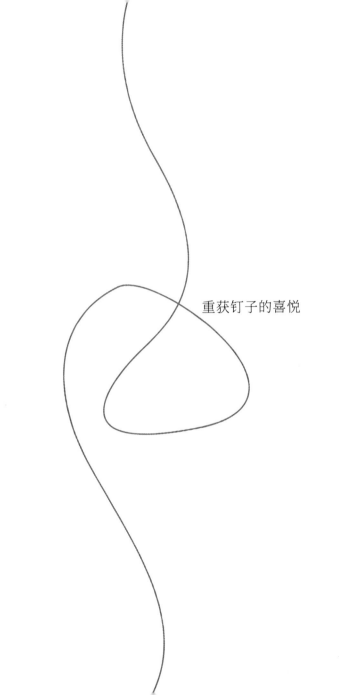

重获钉子的喜悦

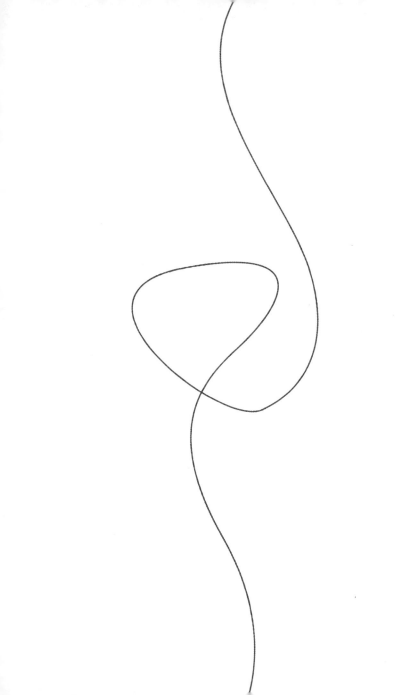

　　范妮一个人在校园里闲逛，嘴里嚼着一根桦树树枝。她嚼几口，吐掉，又咬了一块。正嚼着，上课铃响起。就在那一刻，仿佛要协奏似的，如同一把手提电钻在一条小巷里响了起来。范妮看到雅诺什在喷泉边——因为是冬天，喷泉已经关闭了。他和另一班的几个女孩在一起，看起来心情很好，正指手画脚地对她们讲着什么。范妮以前从未见过他这么激动。回教室的路上，范妮从雅诺什身旁经过时，听到他在讲特殊的山地构造。山地构造？他为什么要讲山地构造？那两个女孩为什么那么感兴趣？

　　当门在她身后关闭时，范妮站在那里，犹豫了一会儿。走廊里人来人往，人们向她投来的目光并没有使她感到不安。她抚平心情，走进教室，坐回自己窗边的位置。不久，雅诺什匆匆走进来，扑通坐在她的前排。他在手机上输入了一些字，然后把它放回裤子的后口袋。他在给其中一个女孩发短信吗？关于约会地点？急急忙忙发了个调情短信？鸟儿在校园外围霜打的树枝上快乐歌唱，但和这些冷漠的人在一起，范妮感觉不到一丝安慰。

在火车上，范妮发现那枚钉子不见了。她搜遍了外套的所有口袋，没找到。是不是哪里破了个洞，所以钉子掉进了内衬里？范妮站了起来，把所有的裤子口袋都摸了一遍。家里也找遍了，她甚至掀开床单，把枕套翻了过来，用手电筒仔细察看了床底下。都没有收获，钉子不见踪影。她垂头丧气在床沿边坐了下来，想哭，就像她试图阻止母亲离世却没有成功那样——伤心欲绝地痛哭。那是在事故发生后很久，而且是在梦中。她没有哭，没有发出任何声音。她为自己如此轻易地失去控制而感到羞愧。这是一种矛盾的感觉，好像她辜负了她对自己的信任。因为这真的令她大吃一惊。她需要更多的自制力来克服自己关于钉子的愚蠢想法，但她无法做到。

范妮走到花园里。外面下着雪，她张开嘴，闭上了眼睛。然而，她心里想象的是春天。桦树叶像一枚枚银币，折射着阳光。空气中弥漫着茉莉花、稠李和紫丁香的芬芳。她感到呼吸困难，又觉得很难屏住呼吸。她不确定到底是什么感觉。她想象着自己是一片繁茂森林中一棵烧焦的小桦树。"罗马已经不再是罗马"，但她没有认清自己的状态。她要么死去，要么成为一棵隐匿在丛林深处的小树，永远不得动弹。不要，她无需窥探自己的内心，就知道自己不想成为被动消极的植物。她还拥有可以改变的，甚至是狂热的东西。她的内心进行着一场大战。她站在雪地里，看起来那么柔弱，却承受着一场比她自己还大的较量。她思绪混乱，面容却异常坚定，像一个视死如归的勇士。但是，她要战胜什么，才能找回内心的安宁？她要想些什么，才能克服自己的不安全感？她完全明白没有所谓的避风港。她希望自己能记得住所有美好的时光，却想不起来任何清晰、愉快的回忆，所有将自己从困惑和焦虑中解脱出来的尝试都以失败告终。她向后拨了拨被雪花浸湿的头发。

她太不讨人喜欢了！她觉得自己很讨厌，有时让人无法忍受。但她又能怎么办？她似乎大多数时间都把自己隐藏在一片阴霾当中，仿佛她的思想、感觉和梦想都因为不为人知而有了新的意义，然而她的秘密只对她重要。她经常试图从日常事物中寻找意义。她会在严寒的冬日清晨，漫无目的地在田间徘徊，心想所有被遗留在田里的稻草都是不可思议的，都有自己的使命，就像那些被送去磨面的稻穗一样宝贵。但是，如果事物的意义隐藏在它们有限的生命中，又有什么意义可言？孤独没有任何好处。孤独可不像独立或正直那样重要或珍贵。最重要的是，孤独意味着绝望和缺失。范妮的所思所感都被忽视了，飘落的雪花对任何事情都满不在乎。因为她愿意认为事实就是这样，所以她就这么认为了。

　　湿冷的空气使她猝然咳嗽起来。她弯腰吐了一口痰。在随后的寂静中，她隐隐约约听到了汽车引擎声，然后是车门关闭声和脚踩在冰冻泥土上的嘎吱声。是阿尔姆，他笑着，但表情依然凝重。他一言不发，给了范妮一个拥抱。他的胡茬刮到了范妮的脸颊。他默默地站着，脸上仍然挂着不自然的笑容，好像在试图弥补自己的某种缺点。月亮隐没在厚厚的云层后面。在一片黑漆漆中，阿尔姆问范妮是否愿意开车去兜兜风。范妮对这个奇怪的、不合时宜的请求感到困惑，但她无法让自己说不。第二天她得早起上学，但她现在还是可以去。

他们向城里开去。尽管时候不早了，交通仍然拥挤不堪，就像血液循环受阻。阿尔姆播放了音乐。CD播放器上显示"莫扎特"，后面是长长的一串标题。范妮读了好几遍"沃尔夫冈·阿玛多伊斯·莫扎特——降E大调小提琴与中提琴交响协奏曲K.364，庄严的快板"，仿佛这是一个她必须要解开的谜题。

雨夹雪下得越来越大，他们俩静静地坐在湿漉漉的挡风玻璃后面。冻雨就像一个粗鲁的家伙，逼着他们开口说话。但迷人的音乐充斥着整个车厢——不可能打断它，更不可能关掉播放器。说什么呢？范妮没有什么好说的。对于这次驱车出行，她虽然不情愿，但始终表现得很有礼貌。她知道阿尔姆有心事。他想跟她谈谈，告诉她一些重要的事情。阿尔姆生病了吗？快要死了吗？胃癌晚期？这是要向她告别？

在一座桥的中央，阿尔姆毫无征兆地变了道。车辆呼啸而过，有人愤怒地按响了喇叭。范妮透过护栏的缝隙看到绚烂的城市灯火，像实验台上摆满了五颜六色的瓶子。阿尔姆为这一突然而危险的举动道了歉。他刚才心不在焉，这令他很难为情，而且这么晚来找范妮真是太荒唐了。他希望范妮能原谅他。范妮会吗？一列货运火车从桥下经过，噪声让范妮无法回答。没有什么不可原谅的，只要阿尔姆主动解释，她就不介意。她想回家，她很累，也厌倦了阿尔姆，但只要能睡上一觉，一切都会好起来的。

阿尔姆把范妮送到路边，举手告别，然后驱车离开了。范妮刚才出去前忘记锁门了。她走进屋去，没有开灯，直接在黑暗中摸索着上床睡觉。幸运的是，她的疑虑还不足以让她失眠。她几乎一躺下就睡着了，而且没有做梦。

第二天，天气变幻无常。在上学的路上，范妮想，不管阿尔姆想告诉她什么，她庆幸阿尔姆没有说任何忏悔或告别的话。她坐在课桌前，试着用心听课。雅诺什没有出现，与其说想念他，倒不如说松了一口气。生物老师正在讲微生物的知识，范妮很难聚精会神。她只听到了一些奇怪的单词或短语："独立的生命形式""含盐度""轮虫""酵母提取物"和"螨虫"。她想起了前一天晚上阿尔姆在车里播放的音乐——莫扎特，还有她不了解的一个概念：庄严的快板。她以几乎察觉不到的嘴唇动作无声哼起那首旋律，但很快就放弃了。她把椅子往后仰了仰。地板上有什么东西哗哗作响。一定是椅子腿碰到了什么。声音很轻，丝毫没有影响到老师讲课。她身体前倾，弯下腰，用指尖碰触着地板。钉子就在那儿，它又亮又尖。她偷偷把它捡起来，像窃贼一样小心翼翼地塞进后口袋。

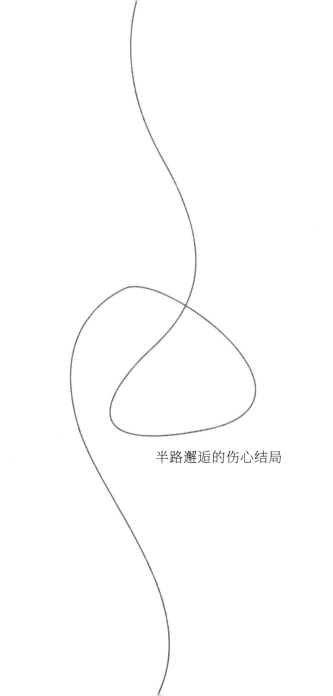

半路邂逅的伤心结局

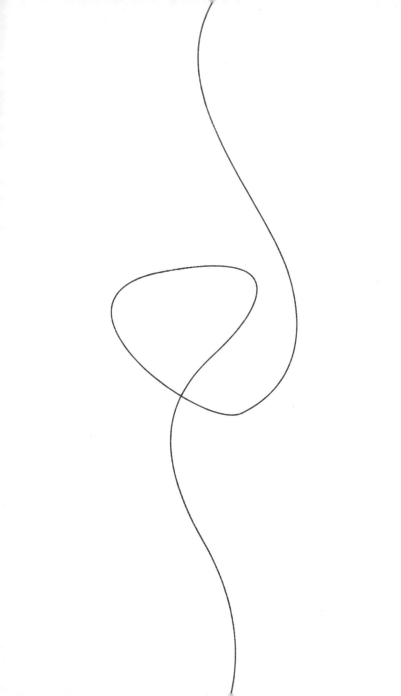

　　范妮站在拥挤的月台上，等待着一列似乎永远不会到来的火车。车站广播通知，有一条隧道断电导致所有车次的出发时间都将推迟15至20分钟。但现在已经过了半个多小时，没有任何新的通知。

　　在对面的月台上，在双轨的另一边，一个男人站在一张印着女人笑脸的广告牌前，不时地朝她这边张望。范妮想，他是个很有魅力的男人，又高又瘦，有点像她自己。他三十岁左右，也许更年长一点。范妮在人群中特别注意到了他。他们在凛冽寒风中站在各自的小岛上，相互遥望着，毫不掩饰的目光像炙热火焰。一辆货运机车从车站里冒了出来，发出长长的鸣笛声，哐哧哐哧地从他们中间驶过，成功搅乱了这一刻的浪漫。是无人驾驶的吗？可能是。机车经过后，范妮看不见和她目光相对的那个男人了。她四处巡睃，但他真的不在对面月台上了。她感到一阵寒意，忍不住将双手交叉在胸前。

一对老年夫妇从铁轨下面的隧道里钻了出来，挤过来来往往的人群，站在范妮的前面。老太太浑身散发着甜甜的香水味。他们大声争吵着，抱怨着火车的延误。范妮厌恶这对吵吵嚷嚷的老夫妇，但随后又觉得自己不该对别人怀有敌意。她心里的抗拒终将烟消云散。

突然，有个人来到她身边。一个男人在她耳边低语，她要去哪里？范妮转过身来，是对面月台上的那个男人。他一靠近，范妮就闻到了一股冬季干草的味道。他身上有草的味道，范妮不假思索地说了出来。男人惊讶地看着她。她喜欢吗？范妮点了点头。寒冷使她哆嗦了一下，牙齿在打颤。男人问她要不要去喝杯咖啡——毕竟，火车没有来。范妮又点了点头。她觉得自己有些仓促了，应该要稍稍考虑几秒，犹豫片刻。但事已至此，随他怎么想：她是个容易到手的猎物，也许真的是这样；也许她是个可怜的、绝望的女孩。但他还是会发现她是个有节操的人。范妮并不会愚蠢地屈服于任何老掉牙的爱情承诺或短暂的亲密关系。他很快就会明白这一点。

他们在车站旁边发现了一家几乎无人问津的老旧咖啡馆。糟糕的天气使他们无法四处寻找更好的地方。两人走进店内，闻到咖啡豆的焦香味后，才开始自我介绍，男人叫弗雷德里克。他们点了两杯咖啡，在靠窗的一张桌子边坐下。范妮想吃点什么吗？不用了，谢谢。咖啡馆俯瞰着一个空旷的广场，广场中央耸立着两座亮银色巨型抽象雕塑，它们呈扭曲起伏的波浪状，在飘落的湿雪中守候着彼此。范妮喜欢这些雕塑吗？范妮没有回答，而是专心致志地喝着滚热的咖啡，避免烫到嘴。她抿了一小口杯中热饮，吹了几下，又啜饮起来。弗雷德里克强调说，他并不是每天都这么做。范妮站在那里实在是太美了。他不能无视，不能不联系就走。他在余生里会一直想着她——火车站里的漂亮女孩。

窗外，雪花融成了大雨，下得又急又猛。广场上方的天空呈现出淡灰色光泽。范妮喝完咖啡，放下了杯子。它砰地一声撞在碟子上。她要说什么？她打算怎么回应？范妮一开口就说她没有男朋友，她是自由的。说完她又后悔了。她只是想说她也觉得他们之间有某种联系。如果他不打招呼就走的话，她会很难过。

弗雷德里克小心翼翼、犹豫不决地伸出手，握住了范妮放在桌子上的手。他的手和木匠的手一样大。范妮想起了卡伦。卡伦有一双优雅的手，手指修长。弗雷德里克的手指却结实而粗糙。他把她的手翻了过来。范妮发现他立刻注意到了她手腕上的划痕。她抽开自己的手，拉下毛衣的袖子盖住了伤疤，然后装作若无其事的样子，再次举起咖啡杯——尽管杯子是空的，只有一点渣滓——喝了一口，或者说假装喝了一口。她咀嚼着咖啡渣，那味道很苦。她希望弗雷德里克能说点什么。不管他说什么，只要表明他不在意范妮身上发生的事故。她想让他相信这是个意外，她被一块带节疤的木头刮到了，或者不小心掉进了荆棘丛里。他们坐在那里面面相觑。猛然一道亮光把范妮晃得睁不开眼，阳光穿过云层的缝隙，从咖啡馆的窗户射进来，在范妮身上闪耀了片刻。她觉得自己几乎是透明的，这令她坐立不安。他道了歉，然后又说了一句她很美。范妮摇了摇头，站了起来。可以走了吗？范妮想问他们该去哪里，但没有说出口。

　　他们去了车站。火车又开始运行了。如果范妮动作快一点的话，就可以赶上她的那一班火车。她不知道该怎么办。她等着弗雷德里克做个决定。弗雷德里克抚摸着她的脸颊，说他们可以改天再见面。范妮希望的结局不是这个，不是这么简单。她说了一声"好的"以掩饰心中的失望。范妮曾希望他会带她走，带她去某个地方，让她不必等待，也不用怀疑他是否真心喜欢她。是她手腕上的伤让他打消了念头吗？她想——可能想得太深奥了——当爱情被逼出其真实模样时，接受它可能会变得更容易些。

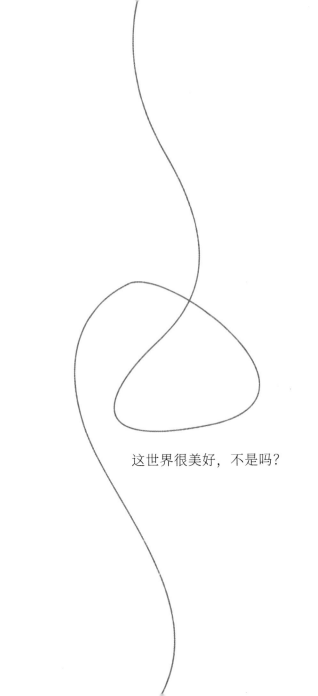

这世界很美好，不是吗？

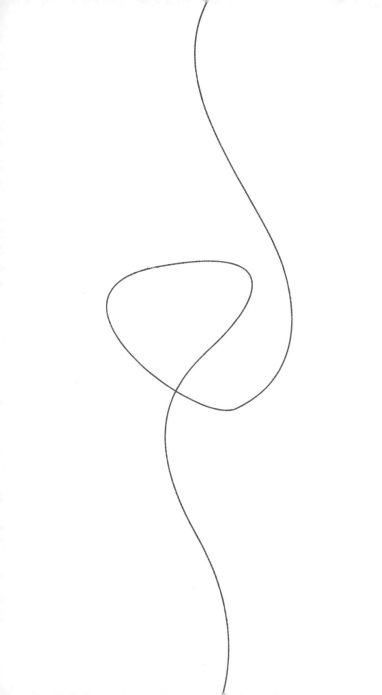

在最后一段空荡荡的旅程中，范妮是唯一的乘客，公交车上只有她和驾驶员。范妮以前好像没有见过这个人。他坐在驾驶座上的背影有一部分被烟熏玻璃板遮住了，但范妮能看到他握着方向盘的双手。他是不是有点心急？这段熟悉的路途忽然显得陌生，其实一切如故，只是这个微小的变化让范妮感到不安和困惑。昏暗的车厢内尘土飞扬，灰尘和从森林中飞来的孢子在过往车辆投射的光线中缥缈浮动。

一辆运输车隆隆驶过，笛声刺耳，灯光刺眼。就在那一刻，范妮感到有一只无形的手攫住了她。一个看不见、听不到的神秘力量把她从座位上举了起来。她抓住椅背，想稳住身子，免得撞到车顶。但她马上本能地把手缩了回来，就像不小心触碰了烧红的火炉一样。她的身体不由自主地飘起来，慢慢转着圈，升到空中。她通过车顶窗口的透明塑料格子，看到了广袤的夜空。她伸直身子，脸贴在窗格上。那就是银河，远处闪闪发光、密密麻麻的星团就是银河系。她飘浮着，盘旋着，悄无声息，但她觉得她的声音能在太空中传播。她的声音，哪怕是最微弱的生命的响动都是解决问题的好办法。解决什么？范妮不知道。她的内心充满了善意和同情，就像人们经常感到痛苦和失落一样。她御风而行，直到天亮，她周围的一切又变回清晰而具体，床头灯、发带和水杯，都能看得见摸得着。

范妮下了床，站在靠墙的全身镜前，看着自己消瘦的身体。在光亮的镜面里，站着的是另一个人，那是一个孩子，一个容光焕发的小女孩。小女孩举起手，想摸一摸她的额头，但范妮转身走到窗前。窗外，大树的树冠在风中摇曳，在光下闪耀。她看到了童话故事般的世界——三个太阳、最蓝的天、最绿的草，晨曦和暮霭中天上的云朵像宣纸上洇开的颜料。范妮生活在这个世界，存在于此处。而那个小女孩存在于镜子里的世界。但她"存在"的意义是什么？

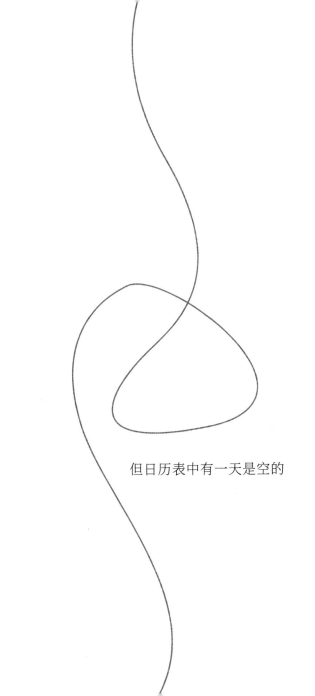

但日历表中有一天是空的

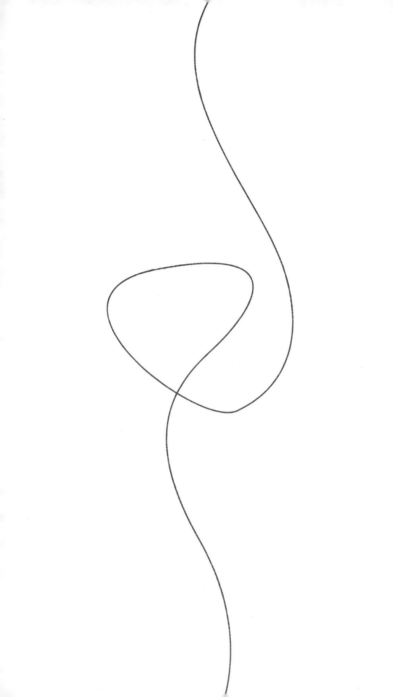

日期：11月   天气：小雪

　　今天没什么可记的。

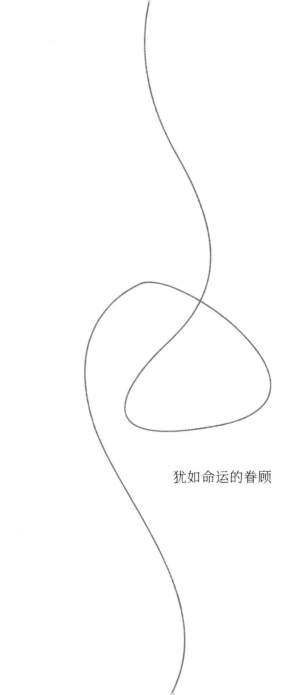

犹如命运的眷顾

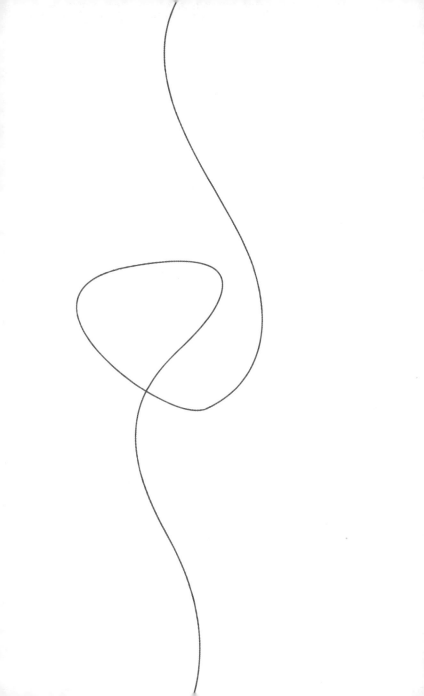

　　范妮一走进教堂，就想着阿尔姆会给她何种解释，会向她澄清什么。她跺掉鞋子上的雪，沿着过道走了几步，又停下来拭干头发上的水。她攥紧拳头，俯身擦了擦膝盖上一滴融化的雪。她的毛衣带着冰冷泥土的气息。该死的天气！她轻声呼唤了阿尔姆，但无人应答。法衣室里没有人。她心情烦躁，轻轻踢了一脚旁边的长椅。为什么即使是在无忧无虑的时刻，她也会意识到生命在流逝，在耗尽，而她像行尸走肉一样，拖着一具骷髅，皮肤下藏着一张死人面具？如果她碰巧找到了内心的安宁，上帝、命运或天意会不会担心她因为感激而发疯？她无法摆脱烦恼，无法享受平静安逸的生活？

　　她在刚才被她踢过的那条长椅上坐了下来，伸展双臂，仰头笑了笑——笑声让她颇感意外。一定是暗淡的光线使一切看起来那么凄凉。但出乎意料的是，一种突兀的快乐感掠过她的全身。她知道獾窝通常有三个入口，或者更确切地说，有三个出口、三个逃生通道、三种可能性。

阿尔姆举着一个巨大的、满是灰尘的烛台走进教堂。这种烛台是基督降临节时使用的，可以直立在地板上，它的尖刺上可以牢牢插上柱状大蜡烛。锻铁制成的烛台很笨重，阿尔姆把它放在圣坛前时，震出了清脆悦耳的响声。尽管阿尔姆从寒冷的室外回来，却穿着单薄的衣服，袖子也撸了起来。范妮想上前帮忙，但被他挥手制止。阿尔姆对他们上次荒唐的会面只字不提。他似乎很烦躁，好像有什么事情困扰着他。他疲惫地搬动着那个锻铁烛台，像一个终日操劳的工人扛着石头。这个活儿肯定没什么乐趣可言。他似乎什么都不喜欢，甚至想都不想，就跟手拿着苹果的感觉没什么两样。难道是愧疚感让他不敢说出口吗？范妮再一次为自己疯狂的想象力而发笑。她在胡编乱造，归根结底是因为内心深处的困惑。她想帮阿尔姆抠掉烛台上凝固的蜡泪。阿尔姆递给她一把小刀。范妮接过来，打开坚硬的刀片，开始埋头苦干。

范妮不是一个喜欢猜测别人生活的人。就像她控制自己的记忆一样，她只对与一个人见面之后发生的事情感兴趣。她只关心他人分享的东西，其余的无关紧要。但现在她想知道更多，她抛开自己极端的谨慎，直接要求阿尔姆说说他自己的情况。他挠了挠脸颊，搓了搓胡茬儿，又伸手摸了摸头顶。他应该告诉范妮什么？他童年的事情吗？范妮耸耸肩。什么都行，想到什么就说什么吧。

他们在一张长椅上坐下，阿尔姆开始讲述，刚开始有点犹豫，但并非不情愿。那时，他还是个不到五岁的小男孩。有一次，他半夜醒来。那是夏末时节，他和他的父母，还有两个双胞胎姐姐一起住在湖边的一栋大房子里。他经常在半夜醒来，尤其是在闷热的夏季。然后他起床，昏昏沉沉地在沉睡的屋子里游荡，像个失魂落魄的人。客厅的灯亮着，有人忘记关了。毫无疑问，是他的姐姐们，她们经常在其他人都上床睡觉后，熬夜玩棋盘游戏。通往花园的玻璃门大开着，轻盈的窗帘在风中鼓起，将扇形的光线洒到石板台阶和草坪上。阿尔姆注意到天花板灯盘周围有个阴影迅速移动。一只蝙蝠从敞开的门钻了进来。它拼命地盘旋着，时而俯冲，时而上升，发出急躁的声音，擦伤了他的头。他吓得大声尖叫，惊醒了整栋房子。他的父母和姐姐们从楼上的卧室里跑了出来。夜晚的寂静被这阵骚动彻底打破。他的父亲立刻吩咐他们关灯，并点燃一支蜡烛，把它放在花园门口。他说火焰会引诱这个家伙离开房子。

　　故事就这么结束了，没有别的了。阿尔姆站了起来。范妮想知道那个方法是否奏效，蝙蝠是否飞了出去。阿尔姆说确实有效。但是，范妮应该读书，他说。范妮应该读书，而不是听那些喋喋不休的老家伙讲故事。他们在学校都不读书了吗？牧师走进法衣室，拿来了一本书。这是给范妮的。范妮看过他上次给她的那本书吗？她读过《穆谢特》那部电影的原著吗？没有，范妮还没读，但她没有说出来。她怀疑阅读这件事不适合她，感觉阅读像是一种责任，一种负担。更糟糕的是，她无法集中注意力，总是盯着同一页纸，盯着那些乱七八糟的字母，一坐就是一辈子的感觉，除了疲惫和因缺乏自律而感到沮丧之外，没有别的收获。也许接受阿尔姆的礼物会使她的决心更加坚定——她打算每天晚上至少读一页书。范妮接受了。白色的扉页上写着沃尔夫冈·希尔德斯海默[①]，作者的名字下方写着《廷瑟》。《廷瑟》? 范妮抬头看了一眼阿尔姆，好像这个标题需要解释一下似的。她打开书，轻声读了开头几句：我躺在床上，躺在我冬天的床上。是时候睡觉了，但什么时候又不是呢? 然后她随手翻到书的另一页，《廷瑟》——这个书名发音的一部分和《哈姆雷特》戏剧名字发音的一部分听起来很像，不是吗? 是的，听起来像《哈姆雷特》，奇怪的是现在才想到。阿尔姆说罢，伸出手来。范妮站起来，握住了他的手。范妮会答应读一读他给她的两本书吗? 这次范妮没有犹豫。她立即回答，她答应一定要读这两本书。阿尔姆的手握得很紧，直到范妮答应了，他才松手。阿尔姆说，告别虽然不是毫无意义的，但还是令人窘迫。

---

① 沃尔夫冈·希尔德斯海默，德国作家。《廷瑟》(Tynset) 为其小说作品。

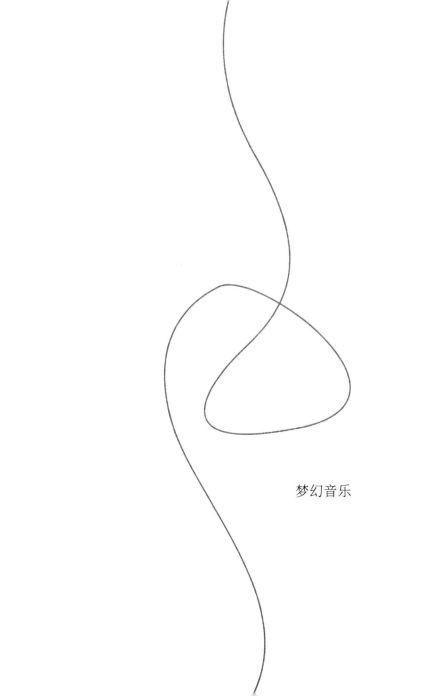

梦幻音乐

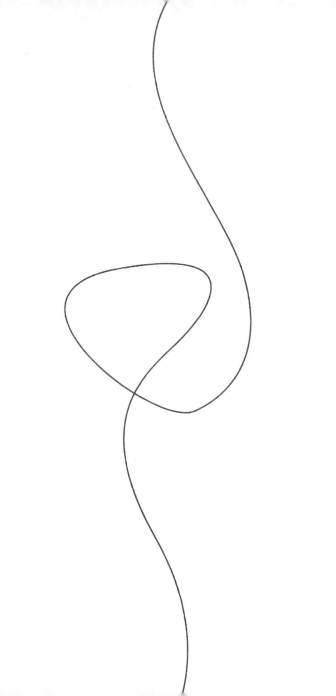

　　范妮喜欢沿着铁路线散步。她喜欢感受火车驶过时扑面而来的强气流。和卡伦一起在铁轨上漫步，她感觉真惬意。这是基督降临节的第一个星期日，是卡伦把她叫醒的。她已经打了好几次电话，但范妮睡前把手机调成了静音，早上才看到床头柜上的手机显示屏亮了起来。前一天晚上，范妮躺在床上读沃尔夫冈·希尔德斯海默的小说，一直读到深夜。她太累了，有几段话她读了好几遍才明白是怎么回事。她被自己所读到的情节迷住了，所以强打精神想继续读下去，但最终还是被睡意打败了。

　　她们把车子停在滑雪者通常停车的空地上。雨夹雪已经下了几天，还是没有停下来的意思，修建好的滑雪道大部分都被破坏了。由于滑雪道没有雪，周边荒无人烟。范妮走在卡伦后面几步远。她们穿过一条老旧的地下通道，到达铁路线的另一边。铁锈色的隧道里弥漫着泥土的味道。她们在入口处停了下来，尽可能地大声叫喊，但隧道只有五六米长，所以没有回音。

卡伦问范妮自从她们上次见面后都在忙些什么。范妮不知道该说什么好。她不想告诉卡伦她遇到的那个男人，那一次彻底搞砸了。范妮去过教堂，刮掉了锻铁烛台上的蜡泪，但卡伦怎么会感兴趣呢？不过，她正在读一本书。所以走出隧道之前，范妮兴致勃勃地告诉卡伦，她开始读书了。阅读就像切西瓜一样，首先你得用刀刺穿坚硬的瓜皮，这需要点力气或技巧，但切瓜瓤就轻而易举了，甜蜜的汁液和果肉供你享用。她正在读德国作家沃尔夫冈·希尔德斯海默写的一本书。而这个沃尔夫冈·希尔德斯海默写的是挪威的一个小地方，一个他从未去过的地方。这本书讲述了一个德国人对挪威的一个小地方——山区城市廷瑟——的幻想和向往。本书的主人公无意中看到一张挪威公路图，发现了一个叫廷瑟的不起眼的地方。它位于厄斯特达尔的北部，在去勒罗斯的路上。也就是说沃尔夫冈·希尔德斯海默小说中的主人公注意到了"廷瑟"这个地名，因为他觉得像"哈姆雷特"。卡伦问道，他是否去过廷瑟。没有，沃尔夫冈·希尔德斯海默从未去过廷瑟。书中的主人公也没有去过廷瑟，这一点甚至在书的封面上就交代过——主人公的名字范妮想不起来了。

她们沿着铁轨走了几百米，然后拐向一个通往小溪的斜坡。一列货运火车轰鸣而过，尽管她们离铁轨有一段距离，还是能感觉到它的气压。强劲的吸力使她们停了下来，用手捂住耳朵，看着一节节车厢经过。当她们俩像受惊的孩子一样站着时，范妮才问起卡伦她们要去哪里。早上她什么也没问就答应跟着卡伦。卡伦说她只是想散散步，想和她做伴。她喜欢崎岖不平的地形，喜欢爬山，喜欢在灌木丛中跋涉，尤其是在灰色的冬日里。

她们来到了一片林中空地，这里唯一能听到的声音是向东穿过远处山谷的高速公路的嗡嗡声。卡伦停了下来，站着不动，背对着范妮。她在听什么？除了交通噪声，还有别的声音吗？范妮知道这时候不应该打扰她，所以什么也没说。发生了什么？她看见了什么？卡伦一动不动，像石化了一样。她的靴底陷进了冰冷潮湿的落叶中。霜冻的植物泛着冷光，苔藓上覆盖着一层冰珠。卡伦没有转身，而是以奇怪而笨拙的动作把头缓缓转向范妮。她把手指举到唇边，嘘了一声，然后悄悄问道：你听到音乐了吗？范妮没有听到。卡伦是指远处的汽车声吗？不是，是音乐。范妮真的听不出那是音乐吗？范妮摇了摇头。她只听到汽车声，还有野鸽的咕咕声。卡伦拿出手机，她手机上有一个可以识别音乐片段的应用程序。那声音绝对是音乐，不用怀疑。奇怪的是范妮却听不见。卡伦把手机举在头顶上。范妮仍然什么也没听到。大约一分钟过去了，卡伦把手机递了过去，这样范妮就能看清屏幕上的内容：沃尔夫冈·阿玛多伊斯·莫扎特——降E大调小提琴与中提琴交响协奏曲 K.364，庄严的快板。范妮竖起了耳朵，可还是没听到任何乐声，听不到任何让人陶醉的曲调。天渐渐暗了下来，阴影笼罩着空地。这一切发生得很快，仿佛整片森林在落日余晖中变了形，树木的影子像飞鸟一样匆匆掠过。

范妮醒来时，内心很平静。她以奇怪的姿势趴在床上，但没有感到不舒服。她从羽绒被下面伸出手臂，端详着皮肤上的细密划痕。范妮觉得它们是如此精致，滑稽的是它们看起来像秘密符号，毫无价值的符号。她翻了个身，仰面躺卧，把羽绒被拉到下巴。她没有哭泣，没有流泪，心中升起一种莫名的、不合理的解脱感。但同时，她愿意接受这样的想法——无论是什么，都能表达失落感。但失落是一种缺憾，她无法克服这种缺憾。她应该释放自己的记忆吗？但敞开心扉，迎接回忆，让过去的画面和事件在脑海里流动——这么做的意义何在？

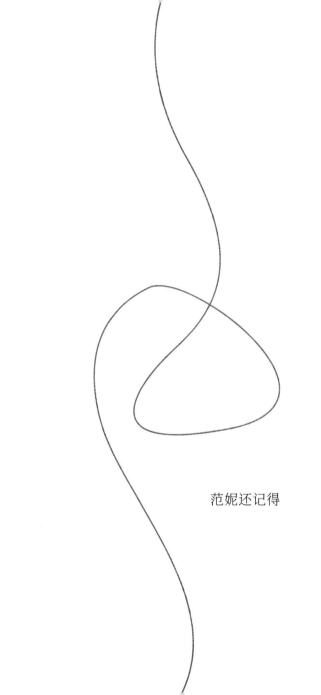

范妮还记得

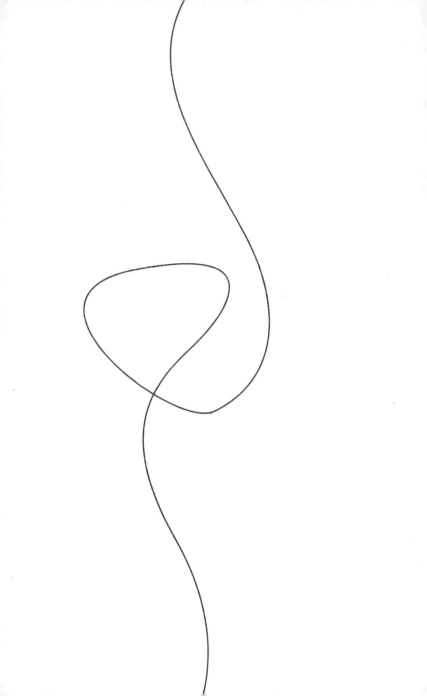

卡伦说服范妮去城里的迪斯科舞厅，这家舞厅位于从广场到火车站的一条小巷子里。和她的朋友一进入拥挤的舞场，范妮就感到眼花缭乱、心情激动。周围的一切都在发光：红蓝灯光下的面孔、梦幻般的闪亮薄雾、低沉而脉动的音乐。这些人都在寻找什么？当范妮睁大眼睛在人群中走动时，她在寻找什么？她并不是喜欢这里，也不一定会在这里找到幸福，只是在灯红酒绿中盲目地寻找某种舒心的感觉而已。

在吧台前喝了几巡卡伦推荐并付钱的苦橙酒后，两个女孩走到舞池里。越来越多的人挤到她们中间。陌生的面孔一张接一张地出现又消失。范妮喜欢自己的舞姿，欣赏自己轻盈的动作。酒精开始起作用了，她觉得自己的头脑比以往任何时候都清醒。这就像从一种模糊的自我牺牲意识中解脱出来，不，不是牺牲，没那么伟大。由于强加于自身的误解，她让自己陷入了悲伤失落的情绪。现在，她的内心充满深深的愉悦感。她从另一个角度看待自己，而且看到了一些发自内心的、合情合理的东西。她用一只手臂搂住卡伦的腰。她想起了自己的父母，想起了那个温馨的小家。那里，范妮和附近农场的玛吉特一起玩捉迷藏。两个小女孩藏在阁楼上。她们兴致勃勃地从一个破箱子里掏出了一堆旧衣物：一件雨衣、一双靴子、一些色彩鲜艳的披肩和一件沾满灰尘的羊毛衫。她们一起吃了夜宵，睡前又在浴室里的镜子前做各种表情，摆各种姿势，一玩就是半个钟头。闹腾够后，两人都面红耳赤。范妮想把这些事告诉卡伦，但她一回忆起童年，整个人就僵住了，所以一直没提起。

当卡伦和另一个女孩跳舞时，范妮站在吧台前，喝着一杯色彩斑斓的酒。她开始感到有点头晕，但清楚地意识到自己在吃醋。这是一种可耻的感觉。她不想让自己表现得小气刻薄。而且她和卡伦之间到底是什么关系？除了友谊，没有其他关系，没有任何承诺。她们相互接触时似乎很有分寸。但令人困惑的是，她们关系密切，她们说过的每一句话都是证明。

范妮放下空酒杯，把胳膊肘支在吧台上，看着跳舞的两个女孩。她想给卡伦发一条信息，她知道卡伦跳舞时听不到。范妮在手机上快速敲击了一句话：是你邀请我的，而且我很高兴地答应了你的盛情。她毫不犹豫地发送了信息，但一发走就后悔了。这样的信息有什么用呢？范妮还不如走到卡伦身边，在她耳边悄悄说，从现在起她会完全对卡伦开放自己。她真的是在嫉妒吗？真是这么回事吗？她不想承认，她要尽量避免承认这一点，甚至对自己也不承认。但是，当一个剃着光头的男人踉踉跄跄地走向范妮，把啤酒洒她一身时，所有这些胡思乱想都没有了意义。啤酒喷溅到她的脖子和肩膀上。范妮一把抓住了那个人，不是冲他大喊大叫，而是扶他站稳。一个保安及时出现了。他一边照顾着醉汉，一边用拇指指向舞厅后面一条狭窄的走廊，向范妮示意那是去洗手间的路。

洗手间里也挤满了人。范妮终于挤到一个水槽前，脱下了外套和上衣。她裸着上身，用冷水冲洗了她的上衣。令人作呕的麦芽味很快就被冲走了。一个脸上擦了荧光粉的红发女人向范妮靠拢过来，指着她的手腕，咕哝着什么。范妮没有听清。她想穿上湿漉漉的上衣，但它很不配合，在她的背上扭成了一团。面颊闪着银光的女人并没有因为尴尬而退缩，而是殷勤地把胳膊搭在范妮的肩上，向她邀舞。范妮设法把上衣拉下来遮住肚子，抓起外套，试图挣脱。那女人把嘴凑到范妮的耳朵边，现在范妮能听清她说的话——两句直截了当的话：她很美，不应该做伤害自己的事。她为什么不跳舞呢？范妮挣脱开身子，挤了出去。卡伦不见踪影。范妮想，也许是她误会了，也许她们之间的关系没有那么紧密。而且坦白地讲，她们之间没有承诺，没有保证。但是如果每件事都要说出来，都必须明确无误，才能达成一致，才被视为诚意的话，那么她该相信什么呢？她应该如何看待她们在森林里度过的那一天，如何看待獾窝和所有的友好？还有彼此之间不可否认的吸引力——这不就是她们之间的纽带吗？这不是她们关系的基础吗？

范妮二话不说就回家了。这是一次漫长而艰辛的旅程。最后一班火车早已开走，唯一的选择是夜间公交车。范妮直到凌晨四点钟才回到家。睡觉前，她查看了一下手机。卡伦给她打过好几次电话。范妮这时才恍然大悟，这一切并不复杂，当然可以有合理的解释。她并没有在忽明忽暗的舞厅内仔细寻找她的朋友。她很生自己的气，她太鲁莽、太幼稚了。她恼怒地用双手捂住脸。她很想对卡伦说点什么，就算没什么可说的，也要道个歉。但卡伦会怎么说？可能会说一些安慰人的话。或者卡伦已经觉得范妮这个人很古怪了。范妮想，如果我要做我自己，如果一辈子都要做我自己……真让人受不了。

不到二十四小时，她又

看到了未来

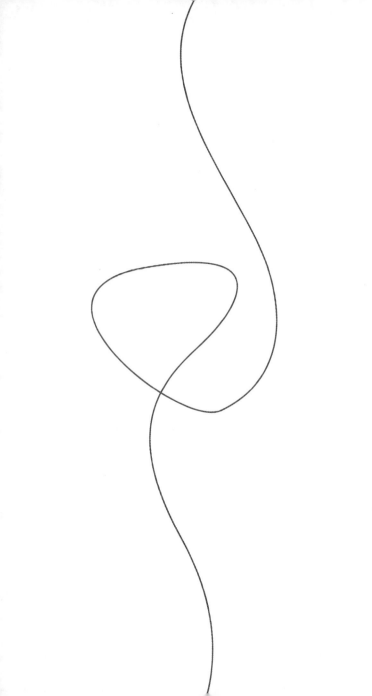

　　雪花飘飘，卡伦站在校门外，等着范妮放学。她们见面后短暂拥抱了一下，两人都同样矜持，好像这是对她们提出的要求。范妮以为卡伦会问前一天晚上发生了什么事，但她什么也没问。卡伦反而挑起别的话题：她从来没有真正喜欢过柏拉图，因为他的哲学基本上使整个世界成为一种幻觉。范妮说，学校的课程里还没真正提到过柏拉图。毕竟，她还只是个高中生。卡伦以前讨厌上高中，她是勉强毕业的，一直拖啊拖。你不知道那是什么感觉，她说。但范妮确实能理解，她非常清楚卡伦在说什么。卡伦也没有花多少时间研究亚里士多德——他以为自己什么都知道，他真的以为自己掌握了所有的情况——仅仅是因为他能够将事物划分为不同的类别。还有，苏格拉底——嗯，似乎在他之前没有任何人有过任何想法。

　　两个女孩一起过了马路。范妮感到莫名其妙，为什么卡伦要谈论这些哲学家？她一定知道这些哲学家离范妮的世界太遥远，不过是影子一样。

　　她们在装点着圣诞树的繁华步行街上找了一家面包店。两人都有一点尴尬，但幸运的是，卡伦设法改善了气氛。当她们在靠窗的桌位上喝咖啡时，卡伦问范妮为什么愁眉苦脸的，看起来像有人死了似的。范妮当然知道她关于哲学家的讨论都是闲扯。卡伦接着说，解释一下可能会更好，也是有必要的。她吹了吹咖啡，没有喝就放下了。范妮意识到这是她们最明显的共同点，即使什么都不说，也能了然于心，卡伦的意思很明显。范妮伸手越过桌子，围巾的一角浸在咖啡里。她像一个执着的占卜师，把颤抖的手放在卡伦的额头上。说来也奇怪，她喜欢卡伦自鸣得意的样子，而卡伦现在似乎就处于那种心态。范妮觉得卡伦有点像雅诺什。他们这类人有点古怪，似乎对一切事物感兴趣，也很看重自己对每件事的看法。范妮说：你是一个非常虔诚的人，只是你不相信神。难道不是吗？卡伦握住了范妮的手腕。对于她相信或不相信的事，范妮知道些什么呢？卡伦亲吻了范妮的手，然后放开，喝起了咖啡。她不慌不忙，仿佛在琢磨范妮刚才说的话到底是什么意思。

当卡伦问起她的圣诞节计划时，范妮又不知作何回答。如果回答说"不知道"，可能会破坏气氛，会令人沮丧，所以她说了实话——在过去几年里，她在圣诞节期间无所事事。她窝在家里看老电影，做节日美食，赖床，享受几天悠闲生活。卡伦凝视着窗外。天已经黑了，城市的街道灯火通明，到处都是亮晶晶的圣诞装饰。卡伦似乎意识到这是一个难得的机会。她站了起来，朝门口走了几步，挥手让范妮跟着。范妮明白了她的意思。她猛然觉得卡伦显然不是一个思想陈旧的人，她有一颗永不满足的好奇心。范妮觉得非常有趣。

她们刚走进纷纷雪花中，就有人叫住了范妮。是雅诺什。他和她们握了握手。范妮向他介绍了卡伦。她以为男人不怕沉默，但现在轮到范妮毫不在乎了。她等待着，让沉默继续下去。这样一来，雅诺什不得不找些话题：范妮去哪儿了？范妮做完明天的作业了吗？雪让一切变得如此明亮，很美吧？范妮友好地回答了他所有的琐碎问题。交谈只持续了几分钟，雅诺什伸出手告别。范妮这次的感觉没那么强烈，更像是出于偶然，又好像心不在焉。尽管她不想让雅诺什难堪，但看到他有那么一会儿犹疑不定，范妮有点沾沾自喜。卡伦似乎本能地明白了范妮的所思所想，她几乎不费吹灰之力就证实了这一点。她挽着范妮的胳膊，一起穿过广场——毫无疑问。车子停在公交车站旁边的一条小巷里。卡伦提出开车送范妮回家，并问她家里是否有备用牙刷。

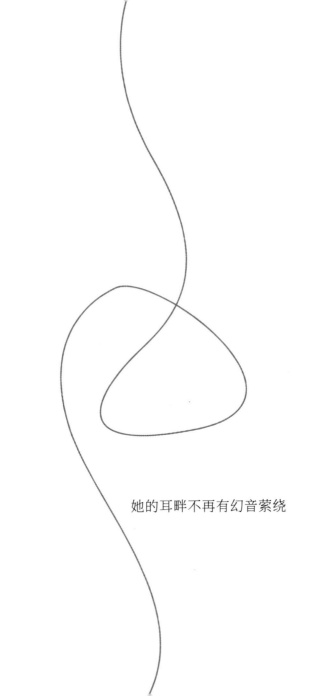

她的耳畔不再有幻音萦绕

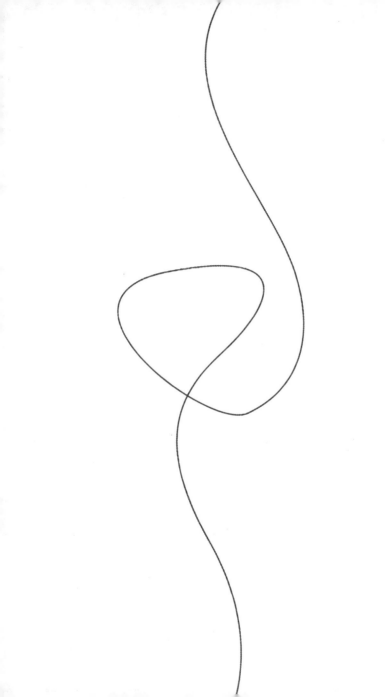

　　范妮和卡伦一起吃了早餐。卡伦早早起床，煮了几个鸡蛋，烤了黄油味吐司。范妮揉了揉眼睛，打了个哈欠。她在热咖啡里倒入冷牛奶，咕嘟咕嘟喝光了。她很欣慰地想到，自昨晚之后，她在卡伦面前不再拘束。她们的友谊始于偶然，从卡伦的自行车轮胎被扎破的那一天起，现在她们之间密不可分。这么看来，很明显，她们遇见彼此是命中注定的。至少范妮是这么想的。

　　那天早上晚些时候，卡伦开车送她去了学校。当她坐在教室里，写下一篇阅读作业中的句子时，范妮愉快地想象着未来。在过去的几年里，她养成了一种习惯，每当她沉浸于让她快乐的事情时，总会感到焦虑。但现在看来，幸福并不会无故消退，因为那是天赐的福。犹如一场旷日持久的斗争终于结束，尽管这种幸福可能并没有在她身上扎根，但范妮尝到了解脱和释放的新鲜感。因此，当雅诺什转过身来问是否可以借用她的卷笔刀时，她毫不犹豫甚至是无所顾忌地回答，当然可以啊！她打开铅笔盒——有东西戳痛了她的手，是钉子，但她没有理会——找到了卷笔刀，把它递给雅诺什。

范妮连着两天晚上没睡好。她又陷入了长时间的失眠，好像某种神秘而浪漫的思绪在她脑海中展开。她每天处于兴味盎然的状态，在她眼里，周围的一切都焕然一新，清晰明快。

在学校里，范妮通常会把手机调成静音。她看到放在桌子上的手机闪了一下，是卡伦发来的信息，问她们可不可以在周六早上见面。她们可以开车去海边吗？范妮想回复。她摸了摸屏幕，才注意到指尖在流血。没什么好说的，是那该死的钉子干的蠢事。她刚才在想什么？这对她来说很陌生。这枚钉子像监狱里的摩斯电码一样，曾经是她的秘密盟友，但现在不过成为对她过去的恶意提醒——一个不属于自己生活的人。范妮一回到家，就把包和外套扔在门厅里，走向柴棚。她找到一把锤子，把钉子深深地敲进一根横梁里，然后小声问道：你能听见我的心声吗？她静等着回应，认真倾听着，但没有等多久，就不抱任何期望了，因为她知道这是在浪费时间，当然不会期待钉子会回答。但是，通过这次简单的拟人化询问，她摆脱了这一长期以来威胁着她的矛盾体——这个普通的、无辜的，但索价高昂的毁灭工具。

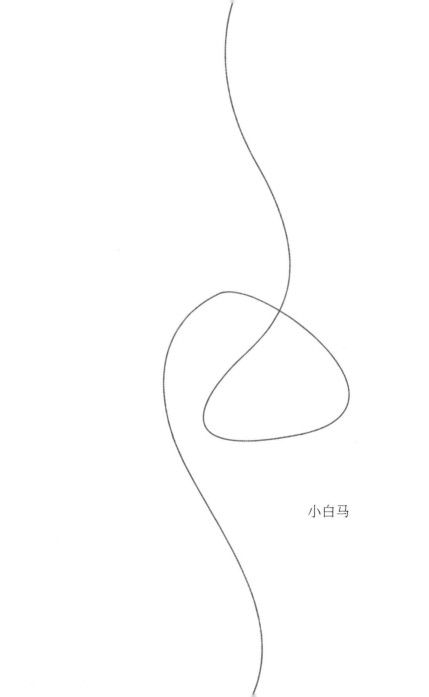

小白马

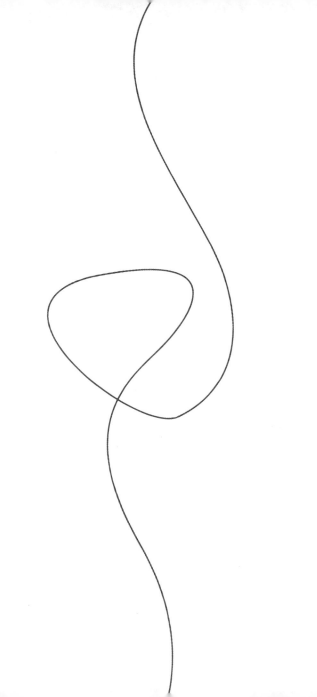

　　范妮和卡伦开车去了海边。寒风呼啸，浪花冲刷着陆地，不经意间留在岸边的海水冻结成一处处冰滩和泥坑，尽管天空仍然泛着哑光，海面却阴沉晦涩，一片暗蓝。上午的风越刮越大。天没有下雪，但空气中的湿气结成了冰。白色的冰碴在空中乱飞，沙地边缘的植被死气沉沉，破碎的海浪膨胀起来，越冲越高。卡伦爬上岩石，眺望着大海。范妮拉起兜帽，在坚硬的沙滩上艰难前行。汹涌的波涛激起一团白色的泡沫，翻腾着，像一匹小白马在拼命奔逃。范妮拿起一根棍子，扔向那个摇摇欲坠的家伙。那匹小白马猛地起扬，在一阵风吹散它之前终于挣脱了束缚。它消失得出人意料，仿佛死者转眼间进入了生者的世界。

　　范妮和卡伦沿着海岸边一片粗糙的沙滩和红色岩石慢慢前进。有些地方，石头之间结了冰，所以必须小心避开。

180

两人互相帮扶着越过了湿滑的岩石。在悬崖上，卡伦站在范妮跟前，把手伸进她的兜帽，把她的头发往后梳了梳。很奇怪吧？卡伦说。事物的某些特征和它们的名字相关，这不很奇怪吗？范妮不明白她的意思，但还是表示了赞同。范妮的名字是怎么来的？她曾经问过她的母亲，得到的回答是：阿尔丹①，阿尔丹。这让范妮不明就里。

过了一会儿，她们就开车回家了。厨房的桌子上有一瓶打开了的红酒。她俩每人喝了一杯，然后洗了个澡，准备睡觉。两人躺在同一条羽绒被下，在似曾熟悉的拥抱中进入了梦乡。

---

① 范妮·阿尔丹是法国的一位著名女演员。

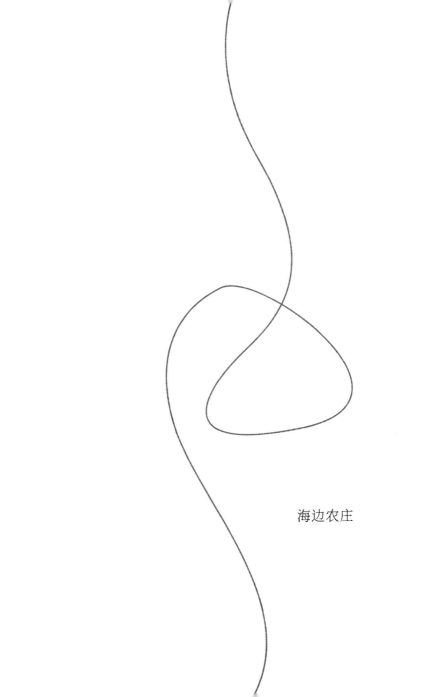

海边农庄

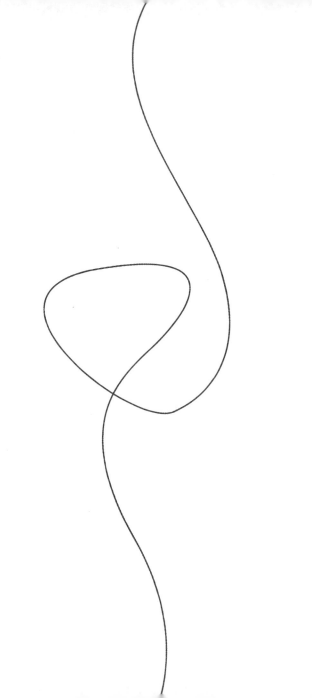

基督降临节的第三个星期日。范妮梦见了什么？她所记得的和白天所想的事情整夜缠着她：在去参加葬礼的路上惊慌失措；林鸽栖息在树枝上；街道边褪色的外墙；昏黄的灯光下模糊的雨水；一个女孩在湖里游泳；装在金属盒子里的碎裂的胶卷。

范妮在一栋废弃的大楼里徘徊，想找个人帮她寄封信。她为什么不能自己去寄，信是写给谁的，这些都不清楚，重要的是把信寄出去。

她醒来时，卡伦不在。天色已经很晚了。卡伦可能没忍心叫醒她，一个人悄悄回家了。整个乡村被大雪覆盖，路上没有车辙，狂风吹散了所有的痕迹。范妮穿好衣服，下楼去了客厅。她蜷缩在沙发上，手里拿着阿尔姆给她的一本书——关于穆谢特的故事：她瘦削的身体使她没有理由虚荣……

范妮很快迷失在如梦如幻的专注状态，就像一个饥肠辘辘的孩子被端上了一份美食。书里的情节和人物形象在她眼前浮现，在她心里演绎，像一幕幕真实的事件。当穆谢特强烈希望马蒂厄那个混蛋死去时，范妮也希望他死。穆谢特的绝望变成了范妮的绝望。天真无邪的穆谢特认为谋杀一个残忍的猎场看守比强奸一个十四岁的女孩更糟糕。这两种罪行都应受到法律的惩罚，但令人费解的是，书中不幸的人并没有好的结局。范妮感到非常沮丧和愤怒，以至于不得不停止阅读。她把书扔在沙发上，但它在沙发的扶手上弹起，砰的一声落在地板上。所以，终究还是得坦然面对。她捡起书，把它夹在腋下，走到厨房，泡了一杯巧克力牛奶来放松自己。

今天她为什么这么伤心？这本引人入胜的小说——一个虚构的东西怎么会让她如此忧郁和绝望呢？阿尔姆为什么特意送给她这两本书，并且带着明确的要求？一本书写的是最悲惨的人生；另一本书写的是一种崩溃或从未开始的旅程，一个人没有去过自己想去的地方，永远没有实现自己的梦想。书里还写道："躺着，永远躺着，让廷瑟消失吧——我看到它消失在那边，已经很远了，现在完全看不见了，名字被遗忘了，像回声和烟雾一样随风而逝，最后一口气……"是的，那本书也让她感到不安。

范妮一边喝着巧克力牛奶，一边凝望着厨房窗外。路上没有车辆。离得最近的房子似乎无人居住。在远处地平线上，沿着海边坐落着几家大农场，星期天的气氛恬静又闲散。她看见一架直升机从农场烟囱里吐出的朦胧烟柱上划过，螺旋桨的声音有某种延迟的感觉。她想念夏天。冬天太漫长了，感觉已经持续了好几年。冬天像个白发苍苍的老人，呼哧呼哧喘着粗气，拖着脚步慢慢走着。雪和寒冷正处于鼎盛时期。夏天被遗忘了，或者充其量只是存在于想象中。范妮用手捂住脸，张开了手指。在七月的酷热中，外屋木板条间的空气会闪烁微光，柴棚的屋顶会散发柏油纸的味道。夏季，仿佛所有的沉湎与纵乐都能带来友好的回音：围场里母马嘶鸣；路上的尘土被花粉染成黄色；

慷慨的日光赋予万物近乎壮丽的外表。已经是严冬季节了，刺骨的、噼啪作响的寒冷主宰着一切。白天如白驹过隙，天气像受伤的狗一样喜怒无常。白天根本不像个白天，而更像是黎明和黄昏之间枯燥而任性的过渡而已。

范妮拿起了手机。她可以打电话给卡伦，说自己想她吗？她能不能说自己很伤心？不行，这样很愚蠢。对于范妮来说，自立自强是很重要的。依赖？不要，她宁愿自己承认一些令她尴尬的事情——她直到青春期，才学会系鞋带。她下意识地摸了摸前臂上发白的疤痕，一阵奇怪的震颤传遍她的身体。她很冷吗？还是对自己产生了同情？她能站起来吗？能走路吗？能，一切都处于完美状态。她没有生病。她很好，很健康。她没有生气，也没有抱怨，更没有因怀疑或坚信什么而变得麻木不仁。她有自己的生活，她的生活和其他自然的挑战没什么两样。时间最终会打败一切，这是必然的。时间也会战胜她。一切都是理所当然的。范妮终于明白了阿尔姆的意思。她觉得自己亏欠他，在某种意义上说是感激他。

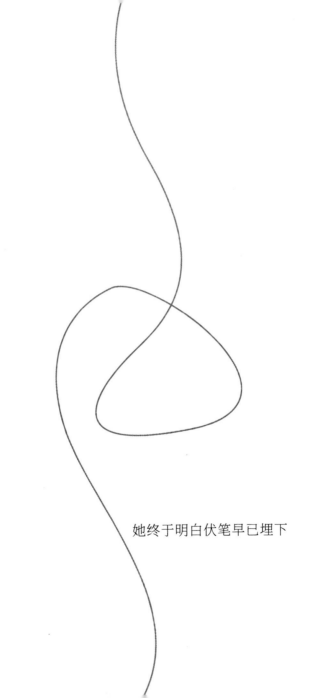

她终于明白伏笔早已埋下

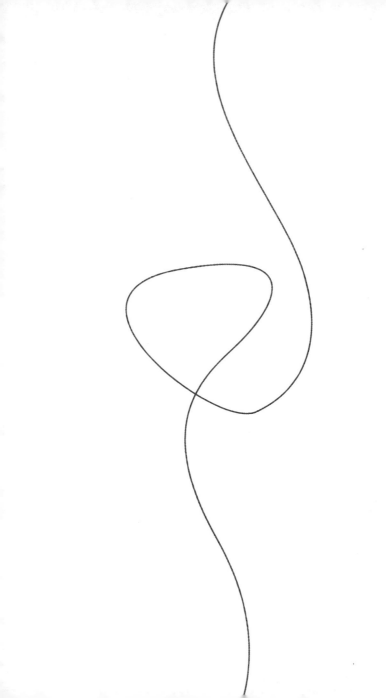

　　为了打发百无聊赖的星期天，范妮乘坐公交车前往附近的村庄。村子就是车站旁边的一条街道，那里挂满了圣诞装饰品，有几家商店和一家咖啡馆，理发店竟然多达三家。空荡荡的河边工厂让人想起战后①的一段热情高涨的时期，尽管那是星期天，机械车间里仍然有劳动的迹象——焊枪闪耀着淡蓝色的电火花。

　　在回家的路上，范妮决定去看看阿尔姆是否在教堂里。天色已晚——车站黄色砖墙上的时钟显示九点半。宾果游戏厅里的荧光灯突然熄灭了，随即响起了一片呐喊声和欢笑声，远处有一只狗在吠叫，货运列车被转轨到了侧线上，一辆汽车停在加油站旁，但没有人下车。

---

① 指第二次世界大战，在此次战争中，挪威曾经被纳粹德国占领过。

范妮在法衣室里找到了阿尔姆。他把自己吊在一根粗粗的麻绳上。绳子被绑在穿过墙壁并从布道坛边伸出来的黑漆漆的横梁上。如果他愿意，也许可以用脚趾触地站住，但现在他的身体悬在空中，已经没有了晃动。不知何故，这个又高又瘦的男人夸张的垂直姿势显得很笨拙。看来他拼命想自救，双手紧紧而又徒劳地拽着绞索。尽管力不从心，范妮也得把他抱下来。她拿起阿尔姆经常放在桌子上的小刀，就是她上次用来从烛台上刮蜡的那把刀，然后把一把椅子推到已经吊死的阿尔姆旁边，爬了上去，用锋利的刀刃狠狠地砍了三下。绳子断了，阿尔姆向前倾倒，头撞在范妮身上。脚下的椅子被撞翻了，范妮砰的一声重重跌落在石头地板上。

……

一道光闪过，她看到有人爬上了输电塔。高高的塔影耸立在森林远端的三座山峰之上，山上的松树斜斜的，向着温暖的太阳伸展着枝丫。爬上那座致命钢铁建筑的无畏者是谁？范妮立刻就想到那里去。她很想跑过去，直视那个鲁莽的人的眼睛。

　　那个人的不正常举动看似庄严，但有毁灭性。

　　……

　　范妮终于苏醒过来。她浑身是伤，费了好大劲才翻了个身。阿尔姆一动不动地躺在她的脚下。她四肢跪地，用力拉扯着他的胳膊。她的鼻子在流血，右眼上方有一道伤口，嘴里充满了令人作呕的铁腥味黏稠液体。有那么几分钟时间，她浑身无力，深陷在疼痛中，以至于没有想到要打电话求助。但她最终还是挣扎着站了起来，踉踉跄跄地走到法衣室，摸索着找到手机，好不容易拨打了当地的急救号码。然后她回到阿尔姆身边，躺了下去。她摸了摸他的脉搏。没有脉搏。她把耳朵贴在阿尔姆的胸前。没有心跳。什么都没有，只有他那张扭曲而惨白的脸在晦暗的灯光下微微发亮。死亡就在那里，死亡占据了阿尔姆的身体。而在这世上，他是最愿意提醒她、指引她的人。那天晚上阿尔姆带她去兜风时，是想告诉她这个吗？那次荒谬的驱车之行。这就是他想要提醒她的吗？范妮心想，那天深夜，她已经是阿尔姆最亲的人，而自己却不知道。她抚摸着他的头。这是一个愚蠢而无用的举动，就像拒绝接受已经说出的脏话。

……

千万次剧烈地拉扯拖拽。

……

奇怪的是，当范妮侧身倒下时，她感觉自己在上升，而不是在下沉。她想，不管是什么，只要能救她，都会无条件去救她，但这有可能毫不涉及救赎。真正能拯救她的是创造她的东西。这就是她的信仰，它就是这样形成的，但这种信仰里只有意志、决心和抗争。

他不再是一个活生生的人。

……

过了一分钟，范妮才意识到自己在一辆救护车上。她无法转过头去看阿尔姆是否躺在她身边。范妮闭上了眼睛。她的母亲俯身看着她。范妮的母亲忙得抽不开身，范妮说她可以自己去摘浆果。在平缓的山坡上，灌木丛中结满了蓝色的浆果，不到半小时就能装满一大桶。那时范妮是个勤劳的十二岁女孩。她很乐意帮忙，无疑是因为她很期待这顿美餐。每当布置生日宴会时，她的母亲总会摆上各种甜食和诱人的蛋糕，她的父亲也会偷偷地让女儿品尝大黄酒。香醇的大黄酒在她的胃里火辣辣的。

……

被雷击的母马和小马驹。

……

玻璃瓶中的倒影。

……

同情一个脾气暴躁的小动物。

……

一个为爱而发狂的灵魂。

……

范妮被推进一条走廊。灯光像水一样从天花板上射下。阿尔姆在哪里？牧师在哪里？范妮讨厌这样躺着，虽然这不是情愿的，但还是意味着放弃。她想去找阿尔姆。她知道他在哪里。他在森林里，在铁路线旁边的树林里，就是范妮在放学回家的路上发现的那片树林里。阿尔姆就在那里。他迷路了。范妮想去找他。阿尔姆还是个孩子，是个小男孩。如果你是一个发烧的孩子，必须得赶紧离开森林。如果你发烧了，千万别去招惹那些鸟儿、爬虫和熊，即使林中没有熊出没，也要远离飞蛾、小老鼠和脾气古怪的獾。因为在黑暗、荒凉的森林里，没有什么会祝福你，树洞里的蚂蚁不会，睡在垂死云杉树杂乱枝条下的蝙蝠也不会。

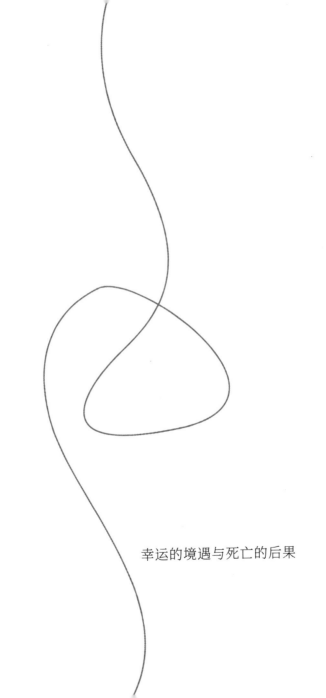

幸运的境遇与死亡的后果

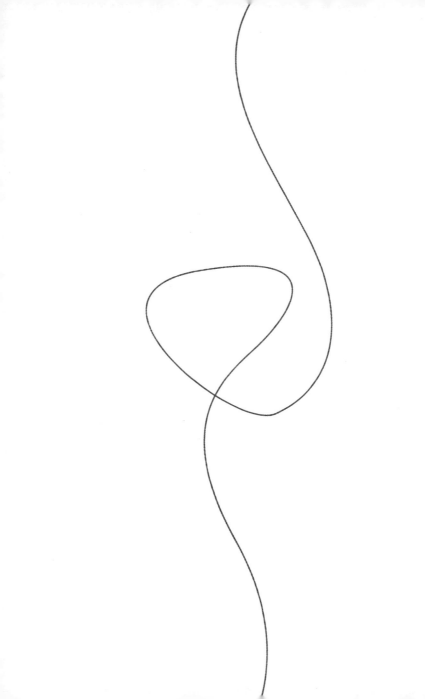

　　范妮沿着大路走着。她穿得不多，还有一段路要走。她的头脑越理智，她就越有冲动去做一些轻率的事情。她为一个目标而进发——找到阿尔姆。他在森林深处，范妮对此深信不疑。那天晚上，那片树林出现在范妮放学回家的路上，此前她从未注意到过。现在阿尔姆消失了，他找到了一条离开活人世界的路。在范妮看来，这两件事理所当然地联系在一起了。她能看见阿尔姆。他坐着，背靠着一棵小椴树。他那忠诚的心在怦怦跳动，他的大脑在努力保持着与世界的联系。范妮下定决心要找到他。这片森林的面积顶多几百英亩①。估算森林面积时，要用英亩吗？还是用其他度量单位？范妮不确定。她知道不屈不挠是她最

_____

① 英亩是英美制面积单位，一般在英国、美国等国家使用，一英亩约为零点零零四平方千米。

突出的特点之一。她对自己很有信心，无需解释。在黯淡的冬日里，她的举动使一切明明白白。

范妮突然感到鼻子刺痛。严冬里的昆虫？她想挥手驱赶，但有什么东西或什么人轻轻地拉着她的胳膊。一个浅浅的影子在她面前掠过，有人说了些什么，一些难以理解的话。她挣脱了束缚，匆匆跑到路边。她的面前出现了一大片茂密的草，后面是长满稻草和芦苇的湿地。她必须挤过去，才能到达阿尔姆正在等待她的林间空地。有东西再次刺痛了她的鼻子，这次是一根针，环绕的强光使她睁不开眼。她踏进了结冰的草地。那根针又出现了，一针，又一针。是谁在烦她？是谁在阻挠她？范妮不太理解驱使她前进和牵绊她脚步的东西之间有何冲突。霜打的植物蜷缩干枯，被她撞得噼啪作响。深色的草尖凑到她的脸上，用粗硬的胡须刷蹭着她。

她渡过了一条小溪。涓涓细流下躺着一具冰冻的黑色尸体，那是一位身穿闪亮盔甲的被杀的骑士。她听到一个声音说眼睛上方的伤口需要缝合，而一只手抚摸着她的额头。范妮感觉到针头沿着她的眉毛边缘扎了进去，但疼痛没有随之而来。她感觉自己已经超越了所有的经度和纬度。她爬上斜坡，那里有几棵枝条被折断的树。浓密的荆棘丛守卫着一排桦树。她一脚踢开荆棘丛，转瞬进入了一片灰白的暮光中。一种奇怪的幸福感充满了她的心，一股暖流冲刷着她的身体。这是一个需要做出决定的时刻，而现在决定已经做出了，她站在桦树树干之间，带着轻蔑的微笑，坚定地走向死亡王国，犹如命里早有安排，犹如在实现神圣的预言，而且她心甘情愿。周围是一片崎岖嶙峋的景色。她从缠住她的树枝中挣脱出来——猛地一拽塑料管，拉动了身边的铁支架，让滴进她体内的透明液体在袋子里晃荡。

　　过了一会儿，周围又恢复了平静，范妮走到走廊上。这家医院看上去已被弃之不用。她看到树木间有一块空地。她朝着一个"很久很久以前"的童话之境前进，这是一个有着田园情调的地方，尽管从未有牧羊人踏足此地。雨夹雪和冰冷的暴雨使范妮想起了一种她已经忘却或不再相信的幸福。她突然意识到，这次的跌倒和失败恰恰是她的荣耀时刻，现在她要为社会做些有益的事，她将抛开一切，离开所有人，去挑战死亡王国的守护者，不管他们是谁，只要真的存在。

她走向一处坑坑洼洼的沼泽地。一丛丛浸在水里的野草仿佛是从水泡里冒出来的。泥土上空升腾着湿气，寂静就像一个谜。这场景犹如守护者或神灵设下的惊天阴谋。

范妮推开另一扇门，来到另一条长长的走廊。一部电梯的门打开了，两名护士匆匆走出来。范妮平静地走进电梯，随便按了一颗按钮。按钮变绿后，电梯下降了。轿厢顶上的一盏荧光灯闪了一下，她来到了地下室。一排巨大的洗衣机在那里呜呜作响，滚筒在水泥地面上剧烈晃动。范妮穿过空旷的楼层，向另一边茂密的树木走去。她想，这里是一个被上帝遗忘的角落、一个禁区、一个迷失的灵魂疯狂游荡的地方。

范妮陷入了虚无之境吗？她现在过的是死人的生活吗？不，她能听到活人说的话。人世间让她留恋的东西，不管是什么，都那么脆弱。在她的想象中，死者的长眠是诱人的，就像黑暗陷阱里的光影。而地下的寒冷难道不会让人醒过来，试着翻身并解救自己吗？

但是，范妮不能离开。她肩负着使命，必须去死者的世界接一个人，将一个逝去的灵魂带回家。她想，死者也会死，他们会变得非常疲倦。活人听不见死人说的话，他们说"把我从让你难以忍受的这种快乐中解救出来吧""明天也是今天"。

森林似乎从内部膨胀并扩大了。无论范妮走多远，树木、灌木丛和山坡连绵不绝。树林越来越密，山丘越来越多，草木丛生，望不到尽头。有些树倒下了，就像阵亡的骑士。范妮从摇摆的树木间瞥见的是一种未经探索的悲伤吗？她跌跌撞撞地穿过繁茂的树木，跳过矮树丛和树根。不久，一条河截断了去路，她毫不犹豫地跳了进去。水流汩汩，蜿蜒而流。冷冽的河水钻进她的裤腿。当来到一处幽深的峡谷边时，脚离开河底，她开始游泳。她在这条又粘又滑、像金属般发亮的河里，矫健有力地划着水。游到从岸边伸出来的低矮弯曲的树枝下时，她慢了下来。多节的树冠垂在水面上，形成了一个由树枝和无叶藤蔓交织而成的拱顶。她挣扎着把沉重的外套脱下来，让它随波漂走。很长一段时间内，她在悬吊的树枝下懒洋洋地漂浮着。雪花从夜空飘落，洁白如玉。范妮想起了卡伦，记起了她，像偶然发现了她一样。范妮心痛地想起，那些日子真真切切地存在过。卡伦！卡伦！就像梦见友情在等待，猛然惊醒，范妮看到一棵高贵的山毛榉树被挖掘机连根拔起。

一头牡鹿在岸边的空地上吃草。范妮哆哆嗦嗦地爬上岸，蹲在一丛芦苇后面。她一度以为自己有能力找到幸福。她仿佛产生了猎人的责任感，却忘了开枪。

牡鹿抬起头，盯着范妮的方向，但没有注意到她。或许它无所畏惧，或许正想着攻击她，追赶她，用华丽的鹿角把她顶死。不，它不知道她躲在那里。这是一个很好的藏身之处，风也不是朝这个方向吹的。

范妮透过树木间的空隙，窥视着那头牡鹿。它威风凛凛地伫立着，像荒原上的某种高贵生灵。森林里突然传来一阵轰鸣，然后是长时间的隆隆声，听起来就像在一间波纹铁皮棚里启动了一台旧发电机。木头吱吱作响，森林直接开始缩小。牡鹿跑了，范妮追着它。它跃过泥潭，跳过铁丝栅栏，一路小跑到铁轨上。范妮跟不上，快要放弃的时候，牡鹿突然停下来，站在一道陡坡上。它嗅了嗅空气，想转身，仿佛凭直觉预感到了威胁，但为时已晚。牡鹿双腿笔直地冲下斜坡，傻呆呆地来到大路上。一幅离奇的景象出现了，一辆汽车开了过来。那是一辆小型旅行车，在路灯金色的光辉下呈现出古铜色。车子开得很快，里面播放着音乐，是令人震撼的男低音。牡鹿突然出现在前照灯的光束中，眼睛血红，舌头吐出。司机试图避开，但车子撞上了护栏，旋转着滚向一边。车顶在路面上打滑，火花四溅，就像焊接车间里的电火花一样。车子再次撞到护栏，转了个身，车灯的光亮疯狂地扫过柏油路。破碎的金属撒了一地，发出噼噼啪啪的刮擦声，直到汽车停止旋转。最终，车子压在引擎盖上，一声闷响后停在了路中央。车灯闪了一下，随即熄灭了。范妮想跑过去，但她刚趔趔趄趄地走到路上，火焰从轮弧那里喷了出来。驾驶门被踢开，一个男人从车里爬了出来。大火舔舐着黑暗。那人站了起来，看着嘶嘶燃烧着的车子。几辆汽车驶向事发地点，车后轮在路面上甩出脏兮兮的雪泥。倾覆的旅行车很快被烧毁了，护栏边只剩下它的骨架。

那头牡鹿在回森林的路上。它再一次穿越了不平坦的地形，在远离人烟的地带奔跑。范妮又跟了上去，来到了一个树木密集的地方。树木间的帷幕被拉向了一边，仿佛要展示一个圣所——阿尔姆坐在那里，背靠着一棵树，头垂在胸前。范妮小心翼翼地走近这位死者。因为即使是死者也不能被打搅，不能被吓得活过来。

在医院里，她权衡了
人生与死亡

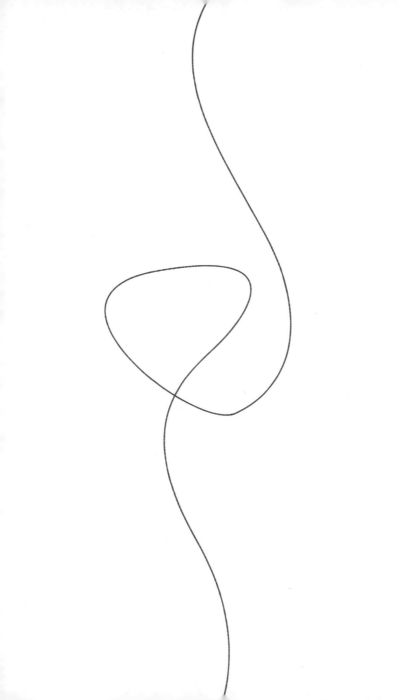

范妮在走廊尽头看到了几把扶手椅、一张桌子和一张沙发。透过医院后面急救通道的窗户，她看到天刚刚破晓。她在那张光滑的棕色沙发上坐了下来。在她左边的墙上，安装了一具灭火器。右侧地板上有一口大瓷盆，里面种了一株植物。一名护士拿着一条毯子走过来，披在范妮的肩上，然后轻轻地把她拉了起来，带回病床边。护士用平和的声音说了几句坚定的话，让范妮喝了一杯略带甜味的水，把静脉注射针整齐归位，然后检查了床边所有的仪器，轻轻点点头后走了。

范妮蹲在阿尔姆身边，小声呼唤着他的名字。阿尔姆抬起头来看向她，眼睛是黑的，深不见底的墨黑。他握住范妮的手，差不多是在乞求她的原谅。他一直相信，任何选择结束自己生命的人，看在上帝的分上，都应该让自杀看起来像是一场意外。看在上帝的分上。这样的自我毁灭需要细致周密的计划。但自杀的人的灵魂是最悲惨的。一个结束自己生命的人没有闲暇的时间，没有宏伟的计划，也没有远大的梦想。范妮抚摸着他的头。她心中狐疑，阿尔姆已经死了，怎么还能说话，活人怎么能理解死者的话，范妮还活着，不是吗？范妮只是去探访了死者的王国而已。她目的明确，要带阿尔姆回家。她要在阿尔姆的耳边用清晰的声音告诉他。范妮说，这是他们之间的约定，他现在必须站起来和她一起走。她认识路，认得这些地方。他不应该再悲伤地回首望。

一个护士擦去范妮额头上的汗珠，问她是否需要什么。范妮摇了摇头。她希望护士离开，离开这间病房，离开这片森林。护士不能打扰她，不能让事情变得难上加难。当她再次独处时，她蹑手蹑脚地走到阿尔姆身边，把他拉了起来。他们一起跌跌撞撞地走过冰冻的森林，走过冬日大地。范妮走在前面，阿尔姆摇摇晃晃地跟在后面。阿尔姆以为在做梦。他说，他梦见了范妮，带着无奈和遗憾梦见了她。他的声音大得像在喊叫。他不应该离开范妮，不应该辜负他们之间的信任。他以极为可悲的方式让她失望了。如果死亡得不到救赎，怎么办？如果他在另一个世界成为笑柄，又能怎样？他还是同样无能为力。

范妮停住脚步，回头看阿尔姆。他正靠着一棵细长笔直的桦树树干休息。他的身体显然不由他使唤了。他瘫倒在地。想象一下，如果俄耳甫斯①是个女孩，阿尔姆说，如果不叫俄耳甫斯，而是叫奥菲莉亚或奥菲亚。他声音沙哑，语气迷茫。阿尔姆继续说，好像所有烦恼最终击垮了他。他曾见过一匹患疝气的马儿。那是夏天。那匹马被一群蜜蜂吓坏了，一头栽进了围场的烂泥里。它又惊又热，最后栽倒在地上。一个农场工人想通过给马喝大量的冷水来帮它降温，但这对马的肠胃来说简直是酷刑。幸运的是，附近有个农夫。他冲过来喊道，必须让马站起来，否则它会死的。但是，那匹马全身僵硬，肌肉抽搐，即使是两个强

---

① 俄耳甫斯是希腊神话中的人物，他为了找回死去的妻子，舍身进入地府，但没有成功，只好一人返回人间。

壮的男人也无法移动它。农夫很机敏。他跑到拖拉机上拿
来热水瓶，从工具箱里掏出一个黑色塑料漏斗，把漏斗嘴
塞进了马的耳朵。他果断地将温热的咖啡倒入马的耳道。
那匹马翻了个身，蹄子刮擦着地面，被施了魔法似的，四
肢着地跳了起来。

范妮听到了卡伦的声音。她本能地睁开了眼睛，很是
困惑。卡伦站在病床边，看起来心平气和。她什么也没问，
也没有责怪范妮的鲁莽。范妮不知道该说什么，不知道该
如何表达或抑制见到朋友时的喜悦。她悄悄说：厨房橱柜里
找到的一块布。这句话听起来像是范妮为了引起卡伦的注
意，把什么贵重物品扔到了地上似的。卡伦俯身向前，轻
轻地吻了吻范妮。范妮叫卡伦等一等。因为她现在必须赶
回森林，必须回到另一个现实里，最后一次，那里有她割
舍不下的人，那个人身处险境又粗心大意。她现在终于明
白死亡是什么了。从现在起，她将无忧无虑地面对真实的
世界。她抓住卡伦的手，只是短暂地握住，然后放手，向
阿尔姆走去。她觉得他们是在浪费时间。阿尔姆低垂着脸，

好像在盯着一口竖井，说话声支离破碎。他结结巴巴地说，他一生中只生过两天病。小时候，他经常感到恶心和头痛，但只卧床两天。但如今，最可怕的疾病来了，那就是闭上眼睛离世。他说，你应该知道，亲爱的范妮，当我死后……事实上，我现在要走自己的路……我觉得这是一种解脱。

在死亡的那一刻，乌鸦从田野飞起，一只毛毛虫滑落到地窖地板的裂缝中，一只栖息在树枝上的猫头鹰转过头来——小小的、脆弱的头骨里装满了各种精密的本能。阿尔姆最后说的一句话是，皮迪格罗塔①的圣母像是所有圣母像中最美的。那圣母像没在发光，却能传播光明。范妮小心翼翼地将死者侧卧在腐烂的苔藓和树叶上。如此简单，他们就这么坐着等待朝阳升起。

---

① 皮迪格罗塔为教堂名，位于意大利皮佐，其实是个面积不大的洞穴，里面有石雕像。

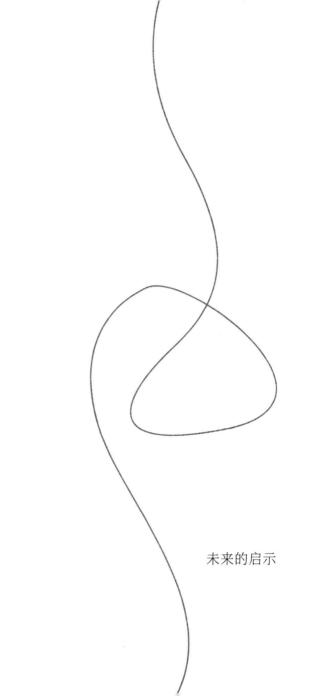

未来的启示

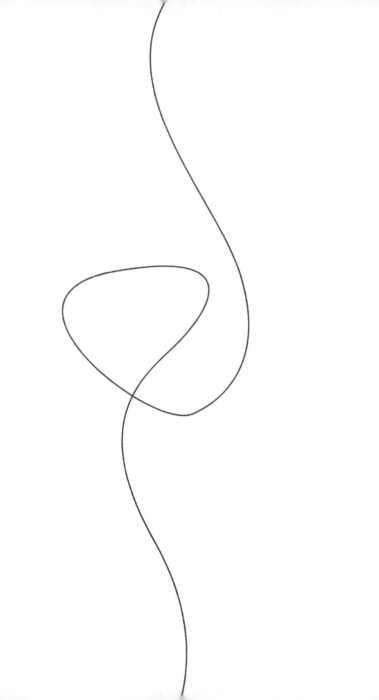

三天后，范妮出院，和卡伦一起回到了自己的家。屋子里很安静，也很冷。范妮吃了一顿便餐，就上床睡觉了。两天两夜后她才下床。她一遍又一遍地做着同样的梦，梦里重复同样的情节——一只湿漉漉的獾溜进了厨房。它偷偷摸摸地绕了一圈，然后停在地板中央，抖落了身上的雪。然后，不知道被什么东西——梦里没出现——吓坏了，它发出尖锐而愤怒的叫声，仓皇而逃。

范妮终于醒了。她张开手臂，把住床头板，胡乱摸索了一会儿。然后，她发现站在窗前的卡伦——一个纤纤身影，双臂抱着胸。她感觉冷吗？还是在保护自己免受某种危险？范妮把羽绒被推到一边，穿上睡衣，从衣橱里找到一件羊毛开衫，走到她朋友身边。她们可以出去走一走吗？可以开车上山吗？

她们俩默默地坐在车里。范妮安顿好自己后，闭上了眼睛。她能通过心灵之眼看到风景，清楚地知道车子开到哪里了。她们经过了树林、农场和锯木厂，沿着海岸行驶。现在，她们正经过河边的作坊，穿过横跨铁路的拱桥。一个又一个弯路后，开始了上山的长途跋涉。范妮睁开了眼睛。车子驶过一条阴凉的隧道。高大的云杉树紧紧地排列在砾石路的两侧，枝条上挂满了霜雪。当她们来到一处视野开阔的高原上时，卡伦停在那里，和范妮下了车。

在她们上方的陡坡上，有一大块积雪覆盖的空地，那里的树都被砍伐了。被风吹过的树桩光秃秃的，在渐暗的暮光下依然醒目。下面是村庄。田野上雾霭笼罩，一条像黄线一样灯火通明的道路划开了错落有致的田野。

圣诞节快到了。想到即将到来的欢庆，范妮的心情波澜不惊。她推开外套的兜帽，转向卡伦。怎么会这样？范妮感到疑惑。只要她和卡伦在一起，她无时无刻不想着卡伦。

范妮想谈谈圣诞节之前的所有期待，以及新年前夜不可避免的失望。还有一月和二月，这两个月份真的很难熬。但她什么也没说，还没有来得及说，一声枪响惊飞了下面田野里打盹的鸟儿。枪？还是新年的烟花？爆炸声在严寒的空气中听起来干巴巴的。那当然是烟花。范妮指了指在黑暗中先升起再倾泻而下的微弱火花。毫无疑问，有些孩子已经等不及过节了。又一个烟花燃起，红色的火花在沉重的夜空中绽放开来，像雨点般落下，直到完全熄灭。

两个朋友一言不发地站着，直着腰，肩并肩，在冷风中瑟瑟发抖。开始下雪了，一时间，天地一片白茫茫，宛如静谧的雪国世界。

随着雪花在风中飘扬，范妮的故事就此结束了。她向后撩了一下头发，看向卡伦。范妮指着什么东西，但我们已经无从得知了，眼前只有雪花。没有什么是有罪的，也没有什么是无辜的，森林里的动物就是这样，男人和女人也是这样。身为人类，你别无选择。作为一个人，你必须热爱一切。我们注定要热爱一切，这样就不会忘记或忽略任何事情。忽视哪怕是最不起眼的事情——一次握手、超市货架间的深情一瞥、五子雀的羽翼或地鼠的柔软毛皮——都可能是致命的,这可能等于将一切统统抛弃,永远失去,无法挽回。